숨기어

RESPIRE

by Anne Sophie Brasme

Copyright © LIBRARIE ARTHÈME FAYARD, 2001
Korean Translation Copyright © MUNHAKDONGNE Publishing Corp., 2004

This Korean translation is published by arrangement with
LIBRARIE ARTHÈME FAYARD
through SHINWON Agency, Seoul.
All Rights Reserved.

이 책의 한국어판 저작권은 신원에이전시를 통해
프랑스 LIBRARIE ARTHÈME FAYARD 출판사와 독점 계약한 (주)문학동네에 있습니다.
저작권법에 의해 한국 내에서 보호를 받는 저작물이므로
무단 전재 및 무단 복제를 금합니다.

이 도서의 국립중앙도서관 출판시도서목록(CIP)은
e-CIP 홈페이지(http://www.nl.go.kr/cip.php)에서 이용하실 수 있습니다.
(CIP제어번호: CIP2007002012)

수
치
어

안 소피 브라슴 장편소설 | 최정수 옮김

문학동네

우리 안에는 낯선 언어로 말하는 미지의 존재가 있다.
우리는 그 존재와 내밀한 대화를 시도해야 한다.

프랑수아 타양디에, 『아니엘카』

밤이 되면 무채색의 차가운 그림자가 미끄러져 들어온다. 그 림자는 벽에 어슴푸레한 작은 공간을 만든 뒤, 중앙 복도를 따라 고철로 만든 문의 틈새로 교묘히 빠져나간다. 어둠 또한 이 그림자처럼 매일 밤 우리를 방문하는 성실하고 변치 않는 친구이다. 우리는 눈앞의 세상을 갑작스레 휘감아버리는 공허를 바라보며 하릴없이 시간을 보낼 뿐이다. 그러나 낮이 지나갈 때까지는, 시작도 끝도 없는 무(無) 속에 정원을 유폐시키는 전류가 흐르는 창살 문 뒤에선 어떤 조짐도 감지할 수 없다.

복도를 울리는 여간수들의 둔중한 발소리는 밤이 시작되었음을 알리는 신호이다. 더는 어떤 소리도 우리 주변을 둘러싼 침묵을 교란시키지 않으면, 그때가 정확히 자정이다. 자정은 우리 한 사람 한 사람을 엄습하는 고독과 일탈을 느끼기 시작하는 바로 그 순간이기도 하다.

이런 시간이면, 사람들은 잠을 이루지 못한다.

나는 여기서 잠을 자는 것이 불가능함을 안다. 여기 와서 가장 먼저 알게 된 것이 바로 그것이다. 물론 매일 일과가 끝나면 침대 매트로 돌아와 코를 골고, 기침을 한다. 무기력함을 감춰보기 위해 큰 소리로 말도 해본다. 하지만 아무 소용이 없다. 이곳은 다른 어떤 곳보다도 고립된 곳이다. 밤은 불면의 시간이 되어버린다.

눈물을 흘리는 여자들이 있다. 처음 몇 주 동안 그들의 눈물은 반항과 증오의 외침을 닮아 있다. 그것은 공공연히 드러나는 부당함과 슬픔에 대한 자각이다. 그러나 몇 달, 몇 년이 지나면 눈물은 침묵하는 법을 배운다. 그들의 기척이 전혀 들리지 않을 때까지. 하지만 눈물은 늘 존재한다. 눈물은 이곳에 여전히 존재하고 있다. 눈물은 침묵 속에 닻을 내린다. 시간도 그 존재를 완전히 지워버리지는 못할 것이다.

기도를 하는 여자들도 있다. 겉으로 보기에 그들은 모든 것을 철저히 무시하고 있는 듯한 인상을 준다. 침묵할 때면 마음을 무심한 상태로 만들어놓는 것을 즐기는 듯한 얼굴을 한다. 하지만 저녁이 왔을 때, 가장 먼저 눈을 들어 하늘을 바라보는 것은 그들이다. 그들은 그들만이 아는 언어로 하늘을 향해 넋두리를 한다. 그것은 회한에서 벗어나기 위해 그들이 발견한 유일한 탈출구인 것이다.

나머지 여자들은 순진하게도 불가능한 꿈을 꾸는 것으로 만족한다. 가족, 희망, 예전의 습관이었던 나태함이 기다림의 고통을 완화시켜주기라도 할 듯 그들을 따라다닌다. 그리하여 때때로 그들은 몇 년 더 이곳에 갇혀 있어야 한다는 사실을 잊어버린 것처럼 보이기도 한다. 어떤 여자들은 후회한다. 어떤 여자들은 후회하지 않는다. 시간의 흐름과 함께 진화해가는 부류들도 존재한다.

하지만 나는 우리 중 어느 누구도 잠들 수 없음을 안다. 나로 말하자면, 노력은 해보았다. 있는 힘을 다했지만 불가능했다.

침묵이 우리의 치료법이다. 침묵은 우리가 과거를 바라보고, 자신이 저지른 행동을 정정당당히 대면하고, 과오와 투쟁하도록 해준다. 우리로 하여금 반성하고, 질문하게 하는 것 역시 침묵이다. 침묵은 또한 우리를 인도하고 우리의 번민을 누그러뜨린다. 또는 번민이 더욱 솟아오르게 만들기도 한다. 침묵은 우리를 불안에서 끌어내기도 하고, 광기 속에 빠뜨리기도 한다. 우리의 존재를 순화시키는 것도 침묵이고, 시간이 주는 중압감을 덜어주는 것도 침묵이며, 우리가 잊고 싶어하는 우리 자신의 어떤 부분에 대항하여 투쟁하게 하는 것도 침묵이다.

　새벽에 여간수들의 발소리가 삐걱거리는 소리를 내며 복도를 다시 울리기 시작하며 새로운 날이 시작되었음을 우리에게 알릴 때까지, 침묵은 늘 동일하게 존재한다.

　여기, 우리가 감금된 철책 뒤에, 우리의 밤들과 닮은 것이 있다.

차례

망각

　나는 잊었다. 즐거움, 뻔뻔스러움, 게으름, 향기, 침묵과 현기증, 이미지들, 소리의 색깔, 그것의 생김새들, 그 음색들, 그것들의 부재와 그것들의 미소, 그것들의 웃음과 눈물, 행복과 무례함, 경멸과 사랑의 필요, 삶의 처음 몇 해 동안 내가 가졌던 의욕들을.

　그러나 어둠에 점령된 이 작은 감방 깊은 곳에서, 그 차가운 고독 속에서, 돌연 과거가 수면 위로 다시 모습을 드러낸다. 그것은 길고 고통스럽게 참회한다. 아마도 지금 이 순간의 공허함과 대면하기 위해서일 것이다. 오늘 이 벽들에 나타난 과거의 영상들은 흐릿하게 현상되어 망쳐진 사진처럼 내 기억 속에서 조각조각 찢긴다.

진실, 그것은 내가 조금도 잊을 수 없었던, 그러나 하나도 되찾을 수 없었던 어떤 것이다.

내 삶은 지극히 평범할 수도 있었다. 내가 만약 다른 결정을 내렸더라면, 나 또한 당신들 속 어디에건 존재할 수 있었을 것이다. 하지만 이렇게 된 것이 궁극적으로, 절대적으로 내 과오 때문만은 아니다. 내게 주어진 어떤 순간에 어떤 사람이 내 존재의 표면을 점령해버렸고, 그로 인해 나는 더이상 내 행동의 온전한 주인이 아니게 되었다. 아마도. 잘은 모르겠다.

언뜻 보면 나라는 존재는 평범하고 무의미해 보인다. 나는 좋은 환경에서 자랐다. 하지만 그 세계는 나를 주목하지 않았고, 나는 그 세계를 이해하지 못했다. 내게 그 세계가 주어졌기 때문에, 그 세계가 그런 모습이고 다른 모습이 아니었기 때문에, 뒷걸음질치지도 못하고 그렇게 존재하고 살면서 만족했을 뿐이다. 나 역시 다른 여느 아이들처럼 어린아이에 불과했다.

나는 살아오면서 나 자신에게 의문의 그림자를 드리워본 적이 없었다. 사람들이 내게 준 것을 받았고, 아무런 의문도 제기하지 않았다. 그런 내게 불가항력적인 일이 일어났다. 사람들도 그 일에 대해 잘 알 것이다. 어리석은 사람들은 다분히 평범해 보이는 외관을 하고 있다. 강박증은 심술궂은 것이다. 그것은 그렇고 그런 익명의 얼굴들 위에 존재한다. 그들은 아주 사소한 근심에조차 너무 취약해서, 삶은 처음 한 방으로 그들을 쓰러뜨려 버린다. 내 운명이 바로 그랬다. 지금은 그 무엇도 나를 그 시절 내가 그랬듯 걱정 없고 활기로 가득 찬 아이들의 세계로 데려가 줄 수 없게 되었다. 그 사건 이후, 내 안에서는 나 스스로도 구별 해낼 수 없는 두 가지 정체성이 충돌하게 되었다.

언젠가, 어떤 사람이 나에게 후회하느냐고 물었다. 나는 대답을 할 수 없었다. 아마도 부끄러웠던 것 같다. 내가 저지른 행동이 아니라 겪을 수밖에 없었던 일들이 말이다. 확실히 나는 내가 잔인했다고 느껴야 했다. 그리고 확실히 나는 잔인했다. 범죄를 저질렀기 때문에 잔인한 것이 아니라, 자신이 한 행동을 후회하지 않는다는 의미에서 잔인했다.

내 이름은 샤를렌 보에. 열여덟 살이다. 똑같은 나날들이 시작되고 끝나는 것을 지켜보며 이곳에 죽치고 있은 지도 벌써 이 년이 되었다. 유년기를 갓 빠져나오자마자 나는 돌이킬 수 없는 일을 저질러버렸다. 이 년 전, 9월 7일에서 8일로 넘어가던 밤, 나는 살인을 저질렀다. 나는 고백한다. 경찰에게 모든 것을 다 이야기했다. 나는 어렸다. 사람들은 말했다. 내가 "16세 청소년으로서의 지각과 성숙함이 결여되어 있다"고. 하지만 나는 생각

없이 행동한 것이 아니다. 내가 저지른 일을 분명하게 알고 있었고, 행위의 세세한 부분과 그 결과까지 예측하고 있었다. 주변 사람들은 나를 경멸하고 내게 증오의 시선을 보냈지만, 상관없었다. 나는 전혀 후회하지 않았다. 그렇다. 내 삶을 파괴한 사건들 중 어떤 것에 대해서도 나는 후회하지 않았다. 광기 속에 빠져드는 것, 그것은 반드시 운명에 예정되어 있는 것은 아니다. 그것은 선택일 수도 있다.

삶의 어느 순간 나는 과거의 실수를 되돌아보지 않기로 결심했다. 나는 비열하게 구는 것으로, 내 삶의 이유와 방식에 대한 답변을 거부하는 것으로, 나 자신을 증오하는 것으로 과거의 실수를 회피했다. 나는 두려웠다. 고통이, 증거가 가져다주는 고통이 두려웠다. 나는 양심의 가책, 공허해지는 것, 목구멍 깊숙한 곳을 내리누르는 덩어리, 질문들, 그리고 격분만큼이나 진실이 두려웠다. 간단하게 표현하여, 눈이 멀었다가 갑자기 다시 눈을 뜨게 되는 일이 두려웠다. 한마디로 말해 뉘우치는 일이 두려웠다.

그래서 나는 글을 쓰기로 했다.

종이 위에 나의 삶을, 별 재미도 없는 평범한 나의 과거를 옮겨쓰기로 했다. 내 이야기는 매우 기만적인 순진무구함에서부터 시작된다. 나는 그날에 대한 기억들의 *끄트머리*를 하나하나 이어 맞춰보는 법을 잊었다. 내게 일종의 퇴행현상이 일어나 강박증의 전조(前兆)들을 치료할 수 없게 되어버렸기 때문이다. 치료를 위해서는 내가 지금 위험을 무릅쓰고 시도하는 것, 즉 말하는 것이 필요하다.

삼가는 태도로 말하는 것, 난폭하게 말하는 것, 분개하여 말하는 것, 그리고 고통스럽게 말하는 것. 사람들은 마치 살인을 하듯 글을 쓴다. 그것은 뱃속으로부터 치솟아오른다. 그리고 단번에 터져나온다. 그곳, 목구멍에서. 절망의 외침처럼.

내 정신에 새겨진 최초의 감각은 옷에서 나는 냄새였다. 확신하건대, 그 옷은 흐르듯 부드러운 실크로 만든 옷일 것이다. 옷은 가슴의 풍만한 곡선을 따라 흘러내리고 있었다. 여자 향수 냄새가 났다. 꽃향기 계열로, 아마도 목련 같았다. 관능적인 자연의 향으로부터 뽑아낸 그 향수 냄새는 여자들이 얼굴에 바르는 분 냄새를 연상시켰다……

향기는 목덜미에서 발산되고 있었다. 진주 목걸이가 걸려 있는 목덜미. 나는 손가락으로 거기를 만지지 않을 수 없었다. 약간 주름이 져 있었다. 피부가 축축한, 강인한 여자의 목덜미였다. 나는 그 향기의 아우라를 들이마시며 새틴처럼 윤기나는 엄마의 팔 안에서 잠이 들었다.

수천 가지 추억이 내 머릿속을 뛰어다녔다.

나는 여름을 느꼈다. 물기 어린 상쾌한 수풀 속을 미친 듯이 뛰어다니는 나를 보았다. 사 년 동안 깡충거린 내 조그만 다리는 이미 커다란 정원을 충분히 뛰어다닐 수 있을 만큼 재빨랐다. 나는 건초 향기, 먼지 속에서 터져나오는 재채기, 나무의 꺼칠꺼칠한 감촉, 나무 껍질에 난 생채기들을 떠올렸다. 진흙과 그것을 반죽해서 만든 단지의 부드러운 감촉, 차갑지만 기분 좋은 그 감촉, 생채기가 난 무릎까지 바지를 걷어올리고 조부모님 집 앞을 흐르던 작은 시냇물을 건널 때 느꼈던 물의 감촉. 오래된 과수원 한구석으로 서리하러 갔을 때, 단물로 끈적하게 손가락을 타고 흐르며 혀를 적셨던 풋과일의 들척지근한 맛을 떠올렸다. 여름은 갈색 대지, 물기 어린 풀, 타는 듯한 모래의 맛을 지녔다.

여름으로부터 멀리 떨어진 곳에는 파리가 있었다. 지붕, 높은 벽, 거대한 문들 아래 서 있는 아파트. 미묘한 침묵이 지배하는 커다란 방들로 통하는 복도들은 끝없이 서로 뒤엉켰다. 모든 것이 흰색이었다. 타일을 깐 바닥도, 벽도, 그 사이의 공간도.

나는 낮 또는 밤 시간에 따라 달라지는 침묵들을 기억한다. 어린아이에겐 너무나 광대했던 세계, 그 속에 있는 내 위에 드리워졌던 그 긴 고독. 먼저 아침의 고독이 있다. 사람들이 덧창을 열기 전 거리 위를 달리는 자동차들이 내는 최초의 소음, 피로, 퍼져나가는 어슴푸레한 빛. 부엌에 걸린 추시계가 똑딱거리는 소리, 아버지가 부시럭거리며 신문을 넘기는 소리, 유모와 단둘이 남겨진 순간 내 안을 지배하는 두려움과도 같았던 그 기묘한 현기증. 그리고 오후의 고독이 있다. 아파트 안이 완전히 비어버리는 그 시간, 멀리 도시의 거리에서 들려오는 귀를 먹먹하게 하는 소란스러운 소리. 그리고 마지막으로 밤의 고독. 나는 내 방 안에서 홀로 잠을 이루지 못하고 있었다. 내 귀 아주 가까운 곳에서 밤이 중얼거리는 소리가 들리는 것만 같았다.

나는 그 유폐된 방 안에서, 태양이 커튼 뒤에서 그림자와 희롱하는 것을 바라보며 시간을 보냈다. 나는 그 방 안을 온통 채우고 있던 공허를 사랑했다. 그리고 그 모든 것 가운데 내가 있었다.

그러한 침잠, 내가 추구하던 충만함은 나를 행복하게 하는 동시에 번민하게 했다. 나는 유폐될 필요가 있었다.

지금 그 아파트가 내 눈앞에 다시 솟아오르고, 그것을 감지하는 나의 지각은 여전히 방향을 잃고 흔들린다. 어린아이인 내가 흘리는 찝찔한 눈물이 뺨을 타고 흘러내리다가, 입술 위에서 사라진다. 어슴푸레한 내 방에서는 나를 재우기 위해 매일 밤 같은 이야기를 반복해서 들려주는 아빠의 목소리가 들린다. 나는 한 단어 한 단어 간신히 알아듣는다. 이마에 삐죽삐죽 튀어나온 아빠 수염의 감촉이 느껴지고, 나는 반(半)수면 상태에 빠져든다. 남동생과의 베개 싸움, 나 자신도 알 수 없는 바보 같은 짓들, 침대 위에서 깡충깡충 뛰기, 항상 웃음을 터뜨리며 끝내게 되는 수많은 다툼들.

내가 이런 아이 말고 다른 어떤 아이가 될 수 있었겠는가?

엄마는 내가 자학적인 성향을 갖고 있다고 말했다. 부산하고, 뻔뻔스럽고, '규범'을 모르는 아이. 어쩌면 그런지도 모른다. 엄마는 자주 그렇게 말했다. 그래서 불만이라고도 했다.

나는 혈기와 열정으로 가득 찬 다루기 어려운 한 소녀를 기억한다. 그 소녀는 성격이 대담하고 사나워서 곧잘 부모님을 난처한 상황에 빠뜨렸고, 부모님은 때때로 그런 상황을 제어하지 못했다. 내 발길이 닿는 곳마다 사람들은, 공공장소에서 소리를 지르고, 다른 아이의 머리칼을 쥐어뜯고, 어른들에게 무례하게 대꾸하는, 어찌해볼 수 없는 성미를 가진 지긋지긋한 계집애를 보아야 했다. 사실, 나는 삶을 사랑했다. 열광적으로 그것을 욕구했다. 하지만 엄마에게 그건 견디기 힘든 것이었다.

분노와 흥분의 순간 뒤에는 고독에 대한 필요, 내 앞에 놓인 삶을 바라보며 보낼 고요한 순간에 대한 필요가 이어졌다. 나는 되팔 수 있는 만큼의 사랑을 갖고 있었다. 하지만 나는 지나치리

만큼 혼자였다.

나는 세상을 이해하지 못했다. 그것은 기이한 차원으로 내게 나타났다. 나는 존재하지 않았고, 내가 보고 만지고 듣고 느낄 수 있는 모든 것은 지속되지 않는 것처럼 보였다. 나는 침묵, 의문, 방심, 유희와 외침, 웃음과 눈물, 빛과 환희가 폭발하는 세계에서 살았다. 하지만 나는 아무것도 통제하지 못했다.

모든 어린 시절은 나름의 향기와 혼미(昏迷) 그리고 고통을 지니고 있다. 나는 나의 어린 시절을 하나의 공포로 기억한다.

내 존재의 처음 몇 년간, 나는 매일 밤 똑같은 꿈속에 등장하는 가공의 인물에 매혹되었다. 한 조그만 여인이 오렌지빛 배경 속을 이리저리 돌아다녔다. 그녀의 실루엣은 아주 작고 연약했으며, 머리칼은 짧았다. 그녀는 빛나는 옷을 입고 있었다. 그녀 뒤 멀리에는 얼굴과 목소리가 없는 인물들이 우글거리고 있었다. 시간이 조금 지난 후, 나는 그녀가 내게 오는 것을 더이상 바라지 않게 되었다. 나는 그녀에게 가버리라고 반복해서 말했다. 그러나 그녀는 내가 잠들 때까지 끈질기게 내 옆에 머물렀다. 공포가 생긴 것은, 내 생각에는 그녀가 나를 떠나기로 결심한 순간부터인 듯하다.

발밑의 땅이 흔들리고, 그래서 마침내 걸을 수 없게 되는 꿈도 꾸었다. 내 주위의 세상이 앞으로 나아가기를 거부했다. 사람들이 내게 다가왔다. 그들이 나에게 뭔가 말하려고 입을 열자, 그들의 입에서 침이 줄줄 흘러나왔다. 그들이 하는 말들이 그들 입가의 거품 속에서 서로 먼저 나오려고 다투며 덜걱거렸다. 아무것도 이해할 수 없었다.

나중에는 좀더 무서운 불안이 찾아왔다. 내 방 그늘 속에 숨은 괴물에 대한 불안이었다. 밤이 내렸다. 나는 침대 시트 속에 몸을 웅크리고, 뜻하지 않게 찾아온 괴물 쪽을 향해 공포에 질린 눈을 크게 뜬 채, 녀석의 분노를 잠재우기 위한 애원의 말을 중얼거렸다. 다음엔 빛이 꺼진 커다란 거울 속에서 태어난 하얀 여인에 대한 공포가 뒤따랐다. 나는 한밤중에 거울 속에서 창백하고 무표정한 그 얼굴이 솟아오르는 것을 보는 게 두려웠다. 그래서 매일 밤 거울을 돌려놓았다. 열다섯 살이 될 때까지.

나는 내가 여느 사람들과 다른 것인지, 그들과 다른 가정환경에서 살아온 건지 알지 못한다. 물론 부모님은 나를 사랑했다. 아마 과분할 정도로 사랑했을 것이다. 그러나 정서적인 면으로보다는 물질적인 방법으로 사랑했다. 그 이상은 모르겠다. 다 잊어버렸다. 세월이 흐른 지금도 나는 그분들이 왜 내 삶의 한가운데에 커다란 악(惡)이 형성될 정도로 악착스럽게 나를 사랑했는지 자문하곤 한다. 그분들은 나에게 아무것도 요구하지 않았던 것이다. 그분들은 나를 미워해야 했다. 그러는 편이 분명 내게 더 이로웠을 것이다. 그랬다면 아마도 삶의 나락으로 떨어지는 일이 덜 고통스러웠을 것이다. 부모님에게나 나에게나.

엄마는 아주 실질적인 분이었다. 말하자면 다분히 세속적이었다. 엄마는 모든 것이 완벽하기를 원했다. 나는 엄마가 얼음덩어리 같다고 생각했다. 물론, 다섯 살 아이가 자신을 둘러싸고 있는 세계를 제대로 파악하지는 못한다. 자기 기분을 맞춰주는 사람과 재미있는 장난감만 있으면 행복을 느끼기엔 충분한 것이다. 그러나 나이를 먹으면, 우리 엄마가 결코 만족할 줄 몰랐던 것처럼 좀더 절실한 필요를 느끼게 된다. 나도 그랬다. 하지만 결코 딱 필요한 만큼만은 아니었다. 자라면서 나는 엄마의 다른 쪽 면과 같은 존재가 되어갔다. 내가 재판을 받던 날, 엄마는 방청석에서 쓰러졌다. 그러고는 "내가 저 아이를 죽였어!" 하고 울부짖었다. 사람들이 엄마를 진정시키며 밖으로 데리고 나갔다. 그것이 마지막이었다. 내 기억으로는 그것이 내가 본 엄마의 마지막 모습이다. 나는 이미 오래 전에 엄마의 체취를 잃어버렸다.

아버지에 관해 말하자면, 그의 부재는 나에게 욕구불만을 일으켰다. 아버지는 자신의 일과 열정 그리고 '의무'에 대해서만 말했다. 나는 아버지로부터 은밀한 기억, 먼 곳에 존재하는 희미한 이미지만을 부여받았다. 부재하는 아버지, 잊어버리는 아버

숨쉬어 23

지, '다른 우선순위'를 갖고 있는 아버지. 나는 내가 그의 존재를 충분히 소유하지 못했다는 사실조차 기억하지 못한다. 요컨대 아마도 그의 존재가 없어도 아랑곳하지 않았을 것이다. 습관처럼 말이다. 아버지를 화제로 삼아 내가 말할 수 있는 것은 머릿속에 떠오르는 이미지들뿐이다. 그것은 끊임없이 이어지는 마호가니 문이고, 그의 사무실 문이고, 그가 유배되어 있는 곳으로 통하는 문이다. 언제나 나를 그로부터 분리시키는, 입장이 금지된 문인 것이다. 지금 아버지는 혼자다. 아버지는 가끔 동생과 함께 나를 면회하러 이곳에 온다. 나는 면회실의 유리창을 통해 늙어서 부풀어오른 그의 얼굴을 본다. 그리고 그때마다 우리가 서로 점점 덜 낯선 존재가 되어간다는 느낌을 받는다.

다음으로 학교가 있다. 다섯 살 아니면 여섯 살 때였을 것이다. 어린아이들이 그린 볼품없는 그림들로 장식한 파란 벽이 있는 복도가 생각난다. 운동장 쪽을 향해 나 있는 커다란 창문들도 보인다. 운동장에서는 아이들의 외침 소리, 웃음소리, 말소리가 들려온다. 나는 고요한 파란 복도에서 그 소리를 듣는다.

내겐 매우 이상하고도 쓰라린 기억이 하나 있다. 나는 착한 학생이었다. 하지만 흥분을 잘하고, 과격하고, 뻔뻔스러웠다. 간단

24

히 말해서, 선생님들이 싫어하는, 다른 아이들과 떨어져 있도록 명령받는, 반에서 밑바닥인 아이였다.

그런데 어느 날, 파란 사탕을 닮은 한 여자아이가 와서 내 삶에 빛을 비춰주었다. 그 아이의 이름은 바네사였다. 그 아이는 조금 통통하고—나는 야윈 편이었다—머리칼이 굉장히 길었는데, 그 긴 머리칼을 항상 나무랄 데 없이 단정하게 땋고 다녔다. 주근깨가 점점이 박힌 순진해 보이는 인형 같은 얼굴에, 물망초 같은 커다란 눈망울을 하고 있었다. 반면 나는 단정치 못한 옷차림에 만사태평이었으며, 머리털은 텁수룩해서 마치 남자아이 같았다.

이것이 내 과거 중 다치지 않은 채 남아 있는 이미지이다. 쿤수리르 유치원의 파란 타일과 모자이크로 장식된 남녀 공용 화장실, 그곳에서 나는 처음으로 바네사의 강렬한 시선을 느꼈다. 그 아이의 미소는 단번에 나를 사로잡았다. 흔히 말하는 첫눈에 반한다는 그런 감정이었다. 나는 무엇 때문에 파란 사탕과 작은 괴물이 친구가 됐는지 도무지 알 수 없었다. 하지만 그날부터 우리는 떨어질 수 없는 사이가 되었고, 몇 년이 흐르면서 상대방이 없는 삶을 생각할 수 없을 만큼 가까워졌다.

나는 매주 토요일 아침 일곱시에 그애에게 전화를 했다. 아마 그애는 조금 성가셨을지도 모른다. 가슴이 두방망이질쳤다. 나는 손을 덜덜 떨면서 속으로 수를 헤아렸다. 그러면 나지막한 그 아이의 목소리가 들려왔다. 우리는 우리의 꿈과 상상 속의 삶에 대해 이야기를 나누었다. 우리는 놀이할 때 부르는 노래를 부르고 웃었다. 그 어떤 것도 우리를 침묵하게 할 수 없었으리라. 우리는 언제나 나눌 것이 있고, 이야기할 것이 있었다. 더이상 이야기할 것이 없으면 이야깃거리를 만들어냈다. 서로 이해하는 한 그런 것은 중요하지 않았다. 바네사는 나를 자기 집으로 초대했다. 그애의 눈과 똑같은 색깔의 카펫이 깔려 있던 바네사의 방을 나는 기억한다. 그 방 안을 비추던 부드러운 빛, 거리를 향해 나 있던 조그만 창문, 연보랏빛 이불이 덮여 있던 침대, 방 안쪽에 놓여 있던 옷장, 벽에 걸려 있던 그애가 그린 그림들, 아무렇게나 쌓여 있던 장난감들을 다시 보는 듯하다. 그 세계는 우리 둘만의 것이었다.

그애의 눈을 통하여 삶을 발견하는 것은 특별한 경험이었다. 내 꿈은 그애의 꿈이기도 했다. 우리가 서로 이해하는 데는 때로는 말 한마디, 눈짓 한 번으로 충분했다. 때로는 침묵만으로도 족했다. 어른들의 질책, 우리 둘 사이의 차이점, 다섯 살이라는 어린 나이, 그 무엇도 우리의 우정을 깨뜨릴 수 없었다. 우리가 만들어낸 이미지, 우리의 생각, 우리가 하는 놀이, 우리의 세계는 모두 똑같았다. 우리는 같은 행성 위에 살고 있었다. 멀고, 이상하고, 다른 행성들과 떨어져 있는. 그러나 무엇보다 중요한 것은 우리가 더이상 혼자가 아니라는 점이었다.

바네사는 육 년 가까운 시간 동안 나의 가장 좋은 친구가 되어주었다. 그애는 나의 수호천사였고, 내 보물이었고, 나의 빛이었다. 그애는 나를 보호해주었다. 그애는 나의 어린 시절을 밝게 비춰주었다. 나는 내게 위안을 주었던 그 아이의 존재를 기억한다. 그애 곁에서 보낸 시간들과 함께했던 모험, 많은 이야기들, 오후의 어슴푸레한 빛 속에서 속삭였던 이야기들을 기억한다. 그애의 향기로 말하자면, 지금도 그것을 확실하게 설명할 수는 없지만, 그것이 내 마음속에 풍겨올 때마다 나는 그것을 '파란 향기'라고 불렀다. 그애의 수수께끼 같은 커다랗고 파란 눈 때문이었다. 바네사는 파란 향기였다. 바네사는 파란 꽃이었다. 바네사는 파란 천사였다.

그러나 이 이야기는 앞으로 내가 하게 될 이야기와는 정말 아무런 상관이 없다. 만약 상관이 있었다면, 내가 이와 같은 우정을 다시 만나기를 원했다면, 나는 그 우정을 다시 얻기 위해 다른 누군가의 곁에서 오랫동안 그에게 열중했을 것이다. 내가 바네사의 존재를 떠올리는 것은 그애가 내가 어린 시절에 겪었던 어떤 과정 이상의 의미를 갖고 있기 때문일 것이다. 그리고 또한 그애가 내 어린 시절부터, 그리고 그 이후로도 계속 나에게 특별한 사람으로 남았기 때문일 것이다. 그 시절, 나는 그애가 어떻게 지내는지 자세히 알지는 못했다. 하지만 그애는 언제나 그 자리에 있었다. 그것은 사람들이 결코 입 밖에 내어 말하지 않는 어떤 것이었다. 겨우 다섯 살 아이들이 무슨 말을 할 줄 알았겠냐마는, 우리 사이에는 비밀스럽고 말로는 표현할 수 없는 어떤 약속이 있었다. 언젠가, 재판중이었다. 방청석을 향하고 있던 나의 눈이 그애의 커다란 눈과 마주쳤다. 그것은 이제 오팔빛을 띠고 있었다. 그애는 열다섯 살이 넘어 보였고, 예전처럼 나를 뚫어져라 바라보았다.

내 인생의 그 시절, 태어나서 최초의 몇 해가 지난 후의 그 시절은 아직도 견고하지 못한 모습으로, 거의 비물질적인 모습으로 내게 남아 있다. 나는 이상한 어린 시절을 보냈다. 이 어리석은 세상에서 나는 나만의 유일한 세계를 인식했던 것이다.

그것은 아마도 홀로 떨어져 있는 것에 대한 필요였던 것 같다. 타인에 대한 몰이해가 처음으로 글을 쓰도록 나를 부추겼다. 어느 날, 아마도 여덟 살 때였을 것이다. 나는 어머니에게 아무것도 씌어 있지 않은 노트를 달라고 부탁했다. 그리고 그 위에 거칠고 부정확한 글을 써내려갔다. 나는 빈 페이지들을 채워나가는 것이 재미있었다. 이야기를 지어내고, 종이 위에 그것이 태어나게 만드는 것, 인물들을 창조하고 그들에게 생명을 부여하는 것. 그것들은 모두 내 조그만 꿈속에 존재하는 것들이었다. 내게 그것들을 구체화하는 것은 다른 것들과 마찬가지로 그저 놀이일 뿐이었다. 나는 내 소설의 주요 등장인물들과 함께 놀고, 그들에게 얼굴과 정체성을 부여하는 바보 같은 즐거움을 누리게 되었다. 마음에 상처를 받은 공주, 사랑에 빠진 용감한 기사, 잔인한 음모를 꾸미는 마녀, 나는 이들과 함께, 거의 손으로 만질 수 있는 그 존재들에 의해 살았다. 그들은 나로 하여금 꿈의 공간 속에서 고독을 잊게 해주었다.

나는 공상 속에 사는 아이였다. 글쓰기는 나에게 단순한 즐거움 이상이었다. 단순한 필요 이상이었다. 그것은 오늘날까지도 나의 진실로, 현실의 증거에 대한 유일하고 특별한 방어수단으로 남아 있다.

그 어린 시절이 여기 있다. 그것은 이 방 벽 깊은 곳에 닻을 내리고 있다. 그러나 때때로 그것은 좀더 멀리서, 난폭하고, 도피적이고, 방해하는, 원치 않았던 이미지로 다시 나타난다.

어떤 장면 하나가 불현듯 나를 찾아온다. 밤, 커다란 아파트이다. 틀림없이 겨울이다. 밖은 벌써 밤이다. 나는 비명 소리를 듣는다. 일격들, 눈물, 그리고 불안스러운 움직임. 그늘 속에서 내 남동생 바스티앵의 팔이 나타나 나를 보호해준다. 그러나 그 팔 역시 나만큼이나 떨고 있다.

칠 년 뒤, 최초로 우리 가족의 삶에 점진적인 파괴와 그것이 가져다주는 갈등이 솟아올랐다. 불면의 밤들이 이어졌다. 나는 내 방 그늘에 몸을 숨기고 가족들이 울부짖는 소리를 들었다. 내 눈에서는 눈물이 흘렀고, 비명이 울려 퍼졌다. 갑자기 기억 하나가 떠오른다. 엄마의 모습. 엄마는 소파에 길게 드러누워 흐느낌을 참고 있다. 그리고 아빠의 모습. 아빠는 의자에 앉아 있다. 폭풍우가 지나간 뒤인데도 무표정하고 아무 말이 없다.

나는 무슨 일이 일어난 건지 정말로 알지 못했다. 사람들 또한 내게 말해주려 하지 않았다. 어른들의 이야기를 이해하기에 나는 너무 어렸다. 시간이 흐른 뒤, 우리 가족들 사이에서는 그 사건을 언급하는 것이 금기가 되었다. 어느 날—당시 나는 상황의 심각함을 깨닫지 못하고 있었다—나는 엄마에게 아빠가 언제나 화를 내는 그 아저씨와 정말로 사랑에 빠진 거냐고 물어보았다. 침묵이 흘렀고, 잠시 후 엄마는 슬픈 눈빛으로 나를 뚫어지게 바라보며 긍정의 몸짓으로 고개를 끄덕였다. 그후 잠시 동안 나는 어린아이의 마음으로 할 수 있는 한 가장 깊이 그녀를 증오했다.

그러고는 더는 아무것도 알 수 없었다. 우리 생활에는 동요 비슷한 것이 일었지만, 그 이상의 일은 일어나지 않고 지나갔다. 부모님은 원칙을 준수하는 분들이었기에 이혼 같은 것은 생각하지 않았다. 그러나 몇 년 동안 우리 가족은 네 명의 이방인처럼 살았다. 아마도 내가 가장 심했을 것이다. 하지만 나는 부모님을 바라보았다. 나는 가족이라는 그림을 존중했다. 어머니는 미쳐 갔고, 남동생은 언제나 그렇듯 말이 없었다. 그리고 아버지는, 영원한 부재였다. 나는 어디에도 존재하지 않았다. 나는 그들의 바깥에서 문젯거리로 존재했다. 내 삶은 가족의 고통으로부터 물러나 있는 것 같았다. 나는 내 주변을 지배하는 그 끔찍한 태평함에 눈을 떴어야 했다. 우리 가족은 몇 년 동안 그런 식으로 파괴되어갔다. 천천히, 가장 잔인한 침묵 속에서.

그리고 나는 자라기 시작했다.

부모님에게 나는 사춘기로 진입하길 거부하는 아이처럼 보였을 것이다. 엄마가 브래지어를 사주려고 하거나 초경(初經)에 대해 설명하려고 하면, 나는 뿌루퉁한 표정을 지었다. 그 무렵 나는 그런 식으로 사람들이 나에게 보이는 애정을 물리쳤다. 특히 엄마의 애정을. 가히 논쟁의 시기라 할 만했다. 나는 마치 얼음으로 만든 벽 같은 아이가 되어갔다. 사람들이 나를 만지는 것은 물론, 가볍게 스치거나 바라보는 것조차 견디지 못했다. 나는 더이상 사랑을 필요로 하지 않았다. 자란다는 것은 나에게는 구토를 일으키는 일이었다.

진실, 그것만이 나를 매혹시켰다. 나는 변화된 신체의 물질성을 오직 혼자서 소유하기 원했다. 나는 바네사의 몸매를 몹시 질투했다. 그애 안에는 이미 여자 몸의 실루엣이 그 최초의 모습을 드러내고 있었다. 그러나 내 몸은 여전히 어린아이인 채로 고집스럽게 남아 있었다. 나는 사춘기로 진입했음을 알려주는 아주 작은 표시라도 나타날까 하여, 매일 넓은 홀의 커다란 거울 앞에서 내 몸의 구석진 곳을 남몰래 유심히 살펴보았다. 그러나 그런 표시는 나타나지 않았다. 내 배는 어린아이의 배인 채로 남아 있었다. 머릿속에서는 이미 오래 전부터 더이상 어린아이가 아니라고 생각하고 있었지만, 내 가슴은 절망스러울 정도로 납작했다.

숨이 막혔다. 내 몸, 내 부모, 다른 사람들의 시선에 너무도 짓눌린 나머지, 세상을 향해 침이라도 뱉고 싶은 심정이었다.

이해받지 못하고, 잘못 사랑받고 있던 나는 속으로 울부짖었다. 어느 날, 고개를 한 번 끄덕인 후, 나는 글쓰기와 함께 모든 것을 끝장내야겠다고 결심했다. 한 시간 동안 세상을 향한 내 참담한 복수는 내 노트고 메모고 이야기고 아무것도 남기지 않고 해치웠다. 나는 내가 글쓰는 것을 지지해주어야만 나를 사랑하는 것임을 부모님이 깨닫길 열망했다. 가끔 엄마는 정작 자신은 읽지도 않았으면서 내가 쓴 글을 마치 비범한 것이라도 되는 양, 친구들 앞에서 양손에 받쳐들고 자랑스럽게 펼쳐놓았다. 이런 행동은 내가 작가가 될 운명을 타고난 조숙한 아이라는 것을 그들에게 증명해주었다. 사실 나는 사람들이 나를 단지 내 부모님의 딸로만 취급하는 것, 그렇게만 한정짓는 것이 안타까웠다.

아무튼 부모님은 나를 걱정했다. 어느 날, 나는 어느 심리분석가의 으시시한 사무실 앞에 서게 되었다. 희미한 빛 속에 잠겨있던 그 방이 다시 보인다. 나는 위에서 나를 내려다보는, 정이 가지 않는 남자 앞에 혼자 서 있다. 나는 눈빛으로 그에게 맞선다. 그는 두세 가지 소동을 겪은 나에게 바보스러운 질문 몇 개를 던진다. 나는 그 질문에 차갑게 대꾸한다. 숙고 끝에 그는 내가 일시적인 발작을 겪은 것뿐이라고, 그러니 별로 걱정할 필요가 없다고 결론짓는다. 그로부터 채 십 년도 지나지 않아 나에게 무슨 일이 일어날지 알았더라면, 그는 결코 그렇게 확언할 수 없었을 것이다.

바네사가 내 삶에서 떠난 것은 일찍이 내가 겪어야 했던 일들 중 가장 끔찍했다. 그때 우리 둘은 겨우 열한 살이었다. 그애가 떠난 것은 사람들을 괴롭히고 나 자신만 생각한 데 대한 형벌이었다.

나는 우리가 마지막 작별 인사를 나눈 그날을 기억한다. 8월이었다. 햇볕이 우리 위에서 내리쬐고 있었다. 바네사의 길고 탐스러운 갈색 머리칼이 바람에 흩날렸다. 바네사는 자꾸만 눈을 가리는 머리칼을 끊임없이 손으로 떼어냈다. 한없이 파란 그애의 눈이 그때보다 커 보인 적이 없었다. 그런 느낌이 든 것은 아마도 바네사의 맑은 눈을 가득 채운 눈물 때문이었을 것이다. 나는 바네사가 우는 것이 싫었다. 마치 누군가 내 가슴속 깊숙이 비수를 꽂아넣은 것 같은 느낌이었다. 바네사의 실루엣은 황혼녘의 불그스름한 빛 속에 고정되어 있었다. 손에는 지난번 생일날 내가 선물한 작은 발레리나 모양의 파란 펜던트를 쥐고 있었다. 그 전날, 우리는 무슨 일이 있어도 영원히 친구로 남을 것을 약속하면서 처음으로 피를 섞었다.

나는 할 수 있는 한 힘을 주어 그애를 끌어안았다. 그러자 그애의 파란 향기가 나를 온통 뒤흔드는 듯했다. 나는 세상이 끝나기라도 한 것처럼 서럽게 울었다. 어린아이의 눈물은 언제나 똑같다. 내 눈물은 지금까지도 그저 변덕의 눈물일 뿐이다. 하지만 그날 나는 이별만을 위해 울었다. 우리 두 사람은 약속을 지킬 능력이 없었다.

바네사가 내게서 몸을 뗄 때까지, 우리는 아주 오랫동안 꼭 끌어안은 채 가만히 있었다. 눈물 너머로 나를 보며 바네사가 미소지었다.

그러고는 돌아서서 차에 올라탔다. 시동이 걸렸다. 그리고 그 애가 탄 차는 먼지 속으로 완전히 사라져버렸다. 나는 울었다. 나는 그 주 내내 울었다. 잔인한 눈물은 목구멍까지 나를 태우는 듯했다. 모든 것이 명백해졌다. 나는 혼자였다. 그리고 그것은 나에게는 끝없이 고통스럽게 느껴졌다. 사는 것이 괴로웠다.

바네사가 떠난 것은 내 어린 시절의 완전한 종말을 의미했다. 내 나이 열한 살이었다. 나는 인생에서 처음으로 결심을 했다. 뒤돌아보지 말고 앞으로 나아가야 했다. 더욱 자라고, 완벽에 이르기까지 성숙해야 했다. 더이상의 변덕이나 뽐내는 듯한 유치함은 없어야 했다. 방학이 끝난 뒤, 나는 명문 쇼팽 중학교의 6학년생*이 되었다. 부모님은 나에게 포상금을 주었다. 그것은 내가 원한 것이기도 했다. 모든 면에서 최고가 되는 것. 나는 내 어린 시절을 뒤흔들어놓은 우정의 종말을 잊기 위해 공부에만 몰두한 것이다. 그해 9월 6일, 나는 학교 건물의 뜰에 나 있던 커다란 문 안으로 성큼 걸어들어갔다. 나는 최고가 될 것을 스스로 다짐하며 똑바로 앞을 바라보았다. 무슨 대가를 치르더라도 상관없었다.

---

* 프랑스의 학제는 초등학교 5년, 중학교 4년, 고등학교 3년으로 구성되어 있으며, 중학교는 6학년, 5학년, 4학년, 3학년 순서로 진급하게 되어 있다.

질식하다

그 9월의 아침이 아주 또렷하게 눈앞에 보인다. 젖은 가을의 향기, 무채색 하늘, 축축한 공기, 잿빛 거리, 큰길에서 들려오는 소음, 아침 나절의 나른한 피로감.

차갑고, 위협적이고, 더러운 그 건물은 거의 내 손이 닿을 듯한 곳에 서 있었다.

그 따분한 이미지, 내가 중학교에 입학하던 날의 이미지가 본능적으로 솟아나 지긋지긋한 사춘기 적 기억의 조각들을 내 마음속에 덧붙인다. 나는 힘들었던 그 시절, 비참했던 청소년기에 대해, 고독과 기다림이 있을 뿐 시간은 정지된 듯했던 그 시절에 대해 아직도 쓰라린 느낌을 갖고 있다.

너무 작고 깨어지기 쉬운 아이였던 나는 등을 짓누르는 것처럼 무거운 가방을 메고 있었다. 눈을 들어 무채색 학교 벽을 바라보았다. 나는 몸서리쳐질 정도로 혼자였고, 바네사 없이 새로운 환경에 적응해야 한다는 생각에 공포를 느끼고 있었다.

이 가을아침을 기점으로 내 일상은 더욱 무의미하고, 더욱 차갑고, 더욱 잔인한 것이 되었다.

나는 혼자였다. 나는 망설이며 수백 명의 낯선 얼굴들이 우글거리는 커다란 운동장 안으로 스며들어갔다. 완전히 방향을 잃었다. 나를 둘러싸고 있는 학생들이 형성하고 있는 빽빽하고 무섭게 느껴지는 군중 속에서 나는 너무도 작았다. 나는 교실을 찾아냈다. 지금도 기억난다. 6층 2호. 건물 입구에는 스무 명쯤 되는 학생들의 무리가 선생님을 기다리며 서 있었다. 나는 그애들에게 눈길도 주지 않고, 그 소란한 무리가 따라오기 전에 얼른 건물 안으로 들어가 교실 한귀퉁이에 자리를 잡았다.

첫날은 정말 최악이었다. 선생님들은 우리가 아주 엄격한 선발기준에 의해 선발된 엘리트들이라고, 우리가 최고가 아니라면 그건 말도 안 되는 소리라고 강조했다. 사이사이에 이런 말도 들은 것 같다. "전진하라, 그러지 않으려면 남을 쓰러뜨려라, 제군들!"

열중, 피로, 낙담에 맞서는 전투가 몇 주, 몇 달 동안 이어졌다. 물론 우리 반은 쇼팽 중학교에서 가장 우수한 반들 중 하나였다. 그러나 우리의 생활 리듬은 이제 갓 열두 살이 된 아이들로서는 견디기 힘든 것이었다. 우리는 마치 사육당하는 동물들처럼 아침부터 저녁까지 부담감에 짓눌려 있었다. 그런 것들이 나를 소진시켰다. 나는 내 실력 이상을 발휘해야 했다. 나는 평균 16점 정도의 좋은 성적을 유지했다. 하지만 문제를 일으키게 될까봐, 선생님에게 야단을 맞을까봐, 또는 '신통치 않은' 성적으로 곤두박질칠까봐 매순간 두려움에 떨어야 했다.

나는 비통한 심정으로 중학교에 들어갔다. 그해 겨울은 내게 여느 해와 똑같이 느껴지지 않았다. 봄이 되어도, 여름이 왔을 때도 마찬가지였다. 어두운 이미지들이 내 머릿속을 차례로 지나갔다. 나는 열두 살이었다. 나는 눈을 내리깐 채 낙엽이 흩어져 있는 큰길을 따라 걸었다. 쇼팽 로(路)였다. 추웠다. 보이지 않는 중압감이 내 어깨를 내리눌렀다.

내겐 친구도 거의 없었다. 몇몇 아이들이 나를 자기들 그룹에 들어오라고 했다. 대개 반에서 우등생에 속하는 아이들이었다. 하지만 내 눈엔 그 아이들이 별볼일 없는 부류로 보였다. 그 아이들과 나누는 대화의 주제는 평범한 여중생의 생활 범주를 뛰어넘지 않았다. 나는 그 속에서 하나의 역할을 연기할 뿐이었다.

그리고 나는 내가 맡은 역할이 싫었다. 그 아이들을 전혀 이해할 수 없었다. 그애들이 제안하는 일들, 주장하는 모든 것들이 혐오스럽고 화가 났다. 한마디로 나는 반에 잘 적응할 수가 없었다. 학교생활에서 흥미로운 것은 아무것도 없었다. 마침내 나는 완벽하게 혼자가 되었다. 사실, 그것은 처음부터 내가 원한 일이기도 했다.

그때 나는 내가 다른 아이들에게 증오를 느낀다고 생각했다. 하지만 지금 생각해보니, 그것은 그저 무관심일 뿐이었다. 수업은 지루했고, 하루하루가 권태로웠다. 매 시간 시간이 견딜 수 없었다. 그 어떤 것도 나를 지루한 일상으로부터 벗어나게 해주지 못했다. 나는 한계에 달해 있었다. 모든 것이 역겨웠다. 목구멍이 꽉 막히고 가슴까지 답답했다. 숨쉬는 것조차 힘이 들었다. 내 안 깊은 곳에 존재하고 있는 그 아픔은 결코 이해받을 수 없는, 일종의 무력한 외침이었다.

그 무렵, 때늦게 고통스러운 사춘기가 찾아왔다.

3월. 우리는 학교 수영장에서 체육 수업을 받고 있었다. 힘들었던 한 시간이 끝난 뒤, 나는 탈의실에서 나와 다른 여자아이들의 몸을 조심스럽게 관찰했다. 나는 비쩍 말랐고, 다른 아이들의 몸과 비교할 때 끔찍스러울 정도로 달랐다. 얼굴 또한 각이 지고 어두웠다. 눈빛엔 생기도 없고, 미소도 없고, 화려함이나 광채라

곧 눈을 씻고 봐도 없었다. 나는 사춘기에 들어서지 못한 비정상적인 내 몸이 증오스러웠다. 나 자신이 더럽고 무가치한 존재로 느껴졌다. 다른 아이들의 빛나는 얼굴, 가볍고 다채로운 빛깔의 머리카락, 베이비파우더를 뿌린 듯한 피부가 부러웠다. 그 아이들은 매력과 경쾌함을 타고난 것 같았다. 하지만 내게는 아무것도 없었다. 나는 그 아이들의 매혹적인 실루엣을 멍하니 바라보았다. 그리고 내 팔다리가 차라리 잘려나갔으면 하고 바랐다. 수영장 홀에 걸린 커다란 거울 속에 비친 내 모습을 바라보았다. 볼품없는 꼬락서니였다. 젖은 머리카락들이 비쩍 마른 몸 위에 아무렇게나 흘러내려와 있었고, 얼굴에는 흉한 뾰루지가 솟아 있었다. 노르스름한 피부와 기름기가 흐르는 머리카락이 혐오감을 불러일으켰다. 할 수만 있었다면 거울에 비친 그 모습에 침을 뱉은 후, 거울을 깨뜨려버렸을 것이다. 그 정도로 나 자신이 싫었다. 나는 두려웠다. 나는 다른 나를 꿈꾸었다. 자라고, 자유로워지기를 꿈꾸었다. 이제 곧 열세 살이었지만 생리도 없었다. 만약 계속 그런 식이었다면, 나는 결코 어른이 되지 못했을 것이다. 어느 날 밤, 나는 침대 위에서 울면서 중얼거렸다. "너는 괴물이야, 샤를렌. 괴물이라구. 차라리 죽어버려. 그게 더 나아."

어느 날 나는 정말 자살을 시도했다. 세상에서 사라져보고 싶었다. 다른 사람들이 어떤 반응을 보일지 궁금하기도 했다.

그날은 월요일이었다. 우리는 4층을 향해 계단을 올라가고 있었는데, 너무 좁아서 서로 몸을 부딪쳐야 했다. 이제 더는 참을 수 없다는 생각이 들었다. 그래서 일부러 계단에서 미끄러졌다. 천천히, 아주 부드럽게 넘어졌다. 아이들의 무리 속에서 누군가에게 덥석 붙잡혀 사라지고 있다는 느낌이었다. 나는 뒤로 넘어져 계단을 굴러내려갔다. 눈을 감았다. 차가운 바닥 냄새가 느껴졌다. 여러 개의 발이 내 몸과 머리카락을 짓밟고 지나갔다. 추락이 끝났을 때, 나는 움직이지 않고 가만히 있었다. 콧속으로 먼지가 들어오고, 눈에서는 눈물이 흘렀다. 나 자신이 그 어느 때보다 더럽고 우스꽝스럽게 느껴졌다. 선생님이 와서 나를 일으켰다. 나는 몸이 불편한 듯한 표정을 지었다. 선생님은 내 손을 잡고 양호실까지 걸어갈 수 있도록 도와주었다. 나는 엄마가 나를 데리러 올 때까지 기다렸다. 그리고 집에 도착한 다음엔 내 방 안에 틀어박혔다. 나는 그렇게 방에 앉아, 누군가 내 고통스러운 운명을 슬퍼해주러 왔으면, 그리고 이 부당한 삶으로부터 나를 데려가주었으면 하고 바랐다.

그해 중반쯤, 세상을 향한 나의 시각이 바뀌기 시작했다. 나는 마음의 평정과 재생을 추구했다. 나는 내가 불행하게 살기 위해 태어나지 않았음을, 내 안에 잠자고 있는 성숙한 샤를렌을 일깨울 수 있음을 마음 깊이 깨닫게 되었다. 나는 현실을 침묵시키기 위해 꿈을 꾸기 시작했다. 나는 밤에 잠들기 전에 나를 주인공으로 한, 있을 법하지 않은 이야기들을 꾸며냈다. 나는 그렇게 다른 방식으로 존재하는 나를 꿈꾼 것이다. 나는 눈도 감지 않은 채 완벽한 몸, 경쾌한 여자의 몸속에 내 마음을 실었다. 그 모습은 너무도 확신에 차 일개 부대와도 맞서 싸울 수 있을 것 같았다. 그 샤를렌은 너무도 눈부셔서 거의 오만방자해 보일 지경이었다. 내 몸은 순간을 담는 공간이 되었다. 나는 그것이 좀더 강렬해지기를 고대했다. 그때부터 나는 오직 하나만을 기다렸다. 성장하는 것. 나는 내 몸이 꽃처럼 피어나, 좀더 매력적이고 좀더 미묘하며, 좀더 사랑받는 소녀로 재탄생하는 그 순간을 악착스럽게 기다렸다. 그렇게만 되면 모든 것이 전과 달라질 터였다. 자라기만 한다면 더이상 나 자신을 증오하지 않을 것이고 오직 사랑만 받게 되리라 확신했다.

6학년이 끝났다. 나는 안도하며 그 길었던 고난의 종말을 지켜보았다.

뒤이어 찾아온 여름은 백리향과 라벤더, 사람들의 왕래가 잦은 오솔길에서 나는 먼지 냄새를 풍겼다. 하늘은 눈부시게 빛났고 포도밭은 눈을 멀게 할 만큼 아름다웠다. 부모님은 프로방스

지방 방투 언덕 가파른 바위산의 외딴 마을에 빌라 하나를 빌렸다. 그곳에서는 태양 아래서 보내는 무기력한 시간들과 선탠크림 냄새와 수영장에서 나는 소독액 냄새가 느껴졌다. 나는 행복하다고 생각했다. 내 몸이 조금씩 변화하는 것을 느꼈기 때문이다. 내 안에서 꽃이 피어나고, 나는 나날이 성숙해갔다. 거울 속에 비친 내 모습도 웃으면서 바라볼 수 있게 되었다. 나는 진정한 나 자신의 내부에서 사는 법을 배우게 된 것이다.

어느 날 아침, 가족들과 함께 빌라의 테라스에서 아침을 먹고 있었다. 나는 평화로운 침묵의 소리, 미스트랄*이 잠에서 깨어나 윙윙거리는 소리, 여름의 첫 매미 울음소리를 듣고 있었다. 삶은 자극적이고 열광을 불러일으켰으며, 파리의 그 벽들도 멀리 떨어져 있었다. 나는 다시 노래 가사를 썼다. 생애 처음으로 친구들의 그룹에도 속하게 되었다. 그애들은 대부분 나보다 나이가 많았다. 우리는 버려진 수영장 가에 다함께 둥글게 모여앉아 메마른 기타 소리에 맞춰 오래된 유행가를 부르며 저녁 시간을 보냈다. 나는 갑자기 다른 사람들과 다르지 않은 아이가 되어 있었다. 이제는 내가 세상에 존재하고 있다는 사실이 만족스러웠다. 나는 삶을 살고 있었고, 내 두 손 안에 행복을 움켜쥐고 있

---

* 프랑스 중부에서 지중해 북서안을 향해 부는 건조하고 한랭한 국지적 강풍.

었다.

어느 날 밤, 달빛이 창을 뚫고 들어와 내 방에 어슴푸레한 한 줄기 빛을 비출 때였다. 나는 내 안 깊은 곳에서 부드럽고도 뜨거운 고통을 느꼈다. 현기증이 나면서 뱃속에 투명한 난폭함이 일렁거렸다. 나는 다음날 아침까지, 해가 떠서 내 얼굴 위에 강렬한 빛을 터뜨릴 때까지 끙끙 앓았다. 자리에서 일어났을 때, 하얀 침대 시트 위에 핏자국이 있었다. 초경이었다. 새로운 삶이 시작된 것이었다.

이 주 정도 지난 후, 그러니까 8월의 어느 아름다운 아침에, 우리 가족은 자동차에 몸을 싣고 내가 처음으로 자유를 느끼고 억압받지 않은 프로방스를 뒤로 했다. 더이상 목구멍 속에서 질식할 것 같은 압박감이 느껴지지 않았다. 나는 점점 자랐다. 마침내 내 몸이 발아(發芽)하기 시작한 것이다. 이젠 다른 사람들의 시선을 받는 일만 남아 있었다. 나는 다시 학기가 시작되면 사람들로부터 사랑받게 될 거라고 스스로 되뇌었다.

9월이 오자 5학년이 되었다. 그해 가을은 아름다웠다. 생동감 있고 불그스름했으며 색채가 풍부했다. 나는 작년 한 해 동안의 고통스러운 기억들을 모두 묻어버린 채 비밀스러운 약속으로 가득해 보이는 쇼팽 중학교 교문 안으로 들어설 것이었다. 나는 변하기로 결심했다. 평범한 사춘기 소녀처럼 행동하고, 아이들의 무리 속에 융화되고, 그애들과의 차이점은 무시하기로 결심했다.

그것은 하나의 도전이고, 행복이었다. 그때까지 내가 견디어온 끔찍한 세월에 대한 복수이기도 했다. 만약 누군가 그 끔찍했던 세월에 대한 대가를 치러주겠다고 했다면, 나는 실제로 그 사람을 찾아갔을 것이다.

나는 내 주변을 비워놓았다. 지금까지의 내가 아닌 다른 사람이 되기 위해서는 과거를 일소해야 했다. 그것은 다시 말해 지금까지의 샤를렌의 영원한 종말이었다. 정말로 사람들은 너나할 것 없이 부러움과 찬탄의 시선으로 나를 바라볼 것이었다. 나는 그들이 달라진 내 외모를 보고 깜짝 놀랄 것을 짐작할 수 있었다.

"저애, 정말 변했어……"

나는 사람들이 그토록 기다리던 자유의 순간을 축복하듯 개학날을 기다렸다. 그 결정적인 날 바로 전날, 나는 직설적으로 말하는 내 새로운 말투부터 시작해서 사람들과 마주할 때를 대비해 머리를 똑바로 곧추세우고 걷는 것까지 세세한 부분 모두를 연습했다. 나는 연약하지 않았다. 나는 이제 그들의 일원이

될 수 있을 것이었다. 아이들은 나를, 내 존재방식을, 하찮은 제
스처나 사소한 말 한마디에 이르기까지 질투할 터였다. 나는 경
악하는 아이들의 시선을 받으며, 수군거리는 그애들의 말소리가
전혀 들리지 않는다는 표정으로 등교하는 내 모습을 상상해보았
다. 이제 과거의 고통과 버겁기만 했던 악명은 영원히 사라질 터
였다. 나는 새로운 삶의 매 사건 사건에 대한 계획을 미리 짜두
었다.

그토록 기다리던 그날 아침이 왔다.

나는 교문 앞에서 기다리고 있는 우리 반 아이들을 향해 다가
갔다. 나는 천천히, 가볍게, 오만한 걸음걸이로 걸었다. 그렇게
나 자신에 대한 확신을 느껴보려 했다. 아이들을 향해 걸어가는
내 발걸음 하나하나가 심장 고동 소리와 같은 리듬으로 내 가슴
을 쿵쿵 울렸다. 아이들을 향해 점점 다가갈수록, 나는 내 안에
존재하는 완벽한 확신에 나 자신이 설득되어가는 것을 느낄 수
있었다. 드디어 둥글게 모여 있는 아이들 앞에 도착했고, 커다란
목소리로 그애들에게 "안녕!" 하고 인사했다.

그러나 내가 거기에 있다는 것을 진정으로 알아주는 아이는
아무도 없었다. 나는 그 아이들의 구릿빛으로 그을린 피부와 무
척 잘 어울리는 새 옷들을 한 번 훑어본 뒤, 다른 곳으로 시선을
돌렸다. 그 아이들 중 몇몇은 한 번의 여름을 지내는 동안에도

너무 성숙해져서, 피어나는 꽃 같은 처녀의 모습을 하고 있었다. 그 순간 내가 그애들을 얼마나 증오했는지, 또한 그런 완벽한 처녀의 육체들 옆에서 얼마나 큰 비참함을 느꼈는지 아무도 모를 것이다.

나는 입을 다물었다. 6학년 때는 나름의 고민 때문에 그애들과 외따로 떨어져 지냈으니, 지금 그애들이 나에게 전혀 주의를 기울이지 않는 것은 너무도 당연하다고 스스로에게 중얼거렸다. 그애들도 나 또한 조금은 '달라졌다'는 것을 곧 알게 될 터였다.

그때, 나는 아이들의 무리 속에서 새로운 아이 한 명을 보았다. 여자아이였다. 아이들은 그 소란스러운 와중에도 그 아이가 하는 말을 듣고 있었다. 그애는 확신이 가득 찬 어조로 말하고 있었다. 아이들은 그 아이의 말을 한마디도 놓치기 싫은지 아예 빨려들어갈 듯한 태세였다. 나는 그 아이가 어떻게 생겼는지 보려고 그쪽으로 조금 다가갔다. 아주 예쁘지는 않았다. 얼굴 윤곽은 각이 졌고 코는 약간 매부리코에, 피부는 지나치게 하얘서, 파프리카* 빛 머리칼 아래 있는 얼굴을 조금 볼품없어 보이게 했다. 자세히 들여다볼수록 부러워할 만한 구석이 없는 얼굴이었다. 그런데도 그 아이는 믿을 수 없을 만큼 매력적이었다. 강

---

* 고추의 일종. 헝가리 요리 등에 향신료로 사용된다.

렬한 눈빛이 일종의 신비로움을 그애에게 부여하는 것 같았다. 목소리도 마찬가지였다. 투명하고, 맑고, 차분한 것이 지루함을 느끼지 않고 몇 시간이고 들을 수 있을 듯했다. 그 아이는 미소를 지었다. 그 아이가 하고 있는 이야기는 샌프란시스코에서 살 때 했던 미국 여행 이야기였지만 자세한 것은 잘 알 수 없었다. 거기 모인 모든 아이들이 그애 이야기에 온통 빠져 그애 쪽으로 고개를 쑥 내밀고 있었다. 믿을 수가 없었다. 낯선 아이가 한순간에 반 아이들 전체에 최면을 걸어버린 것이다. 나는 그 아이가 미웠다.

곧 그 아이의 이름이 사라라는 것을 알게 되었다. 파리에서 태어났고, 미국 캘리포니아에서 어린 시절을 보냈다고 했다.

그애가 온 바로 그날부터 나는 그 특별한 아이가 내 모든 야망을 무화시켜버릴 것임을 예감할 수 있었다. 그리고 그 생각은 맞았다. 하지만 나중에 그애가 그보다 훨씬 더한 일을 하게 될 것을 당시의 나는 알지 못했다.

그렇다. 사라는 그렇게 내 삶 속으로 들어왔다. 그러면 그애가 내 삶에서 나가기는 할 것인가? 그것에 대해서는 알 수 없었다.

나는 개학을 앞두고 한 나 자신과의 약속을 지키지 못했다. 그럴 만한 여유가 없었다. 사라가 왔고, 그애는 자기가 지나가는 곳에 있던 모든 것을 휩쓸어버렸다. 나의 꿈, 나의 갈망, 내가 실현하고자 했던 모든 것을. 그애는 가는 곳마다 사람들의 관심을 독점했다. 모든 것이 그애에게 속한 것처럼 보였다. 그애는 자기가 원하는 대로 행동했다. 나는 아무 말도 하지 못한 채 그 모습을 바라볼 뿐이었다. 나는 또다시 나 자신의 그림자가 되었다. 다시금 벽은 다른 아이들로부터 나를 분리시켰다. 나는 아이들이 나를 무관심하게 방치하는 것보다 차라리 내 얼굴에 침을 뱉기를 원했다. 경멸보다 더 나쁜 건 무관심이었다. 나는 더이상 이 세상에 존재한다는 느낌을 가질 수 없었다.

나는 아이들이 혐오스러웠다. 사라 역시 그랬다. 사라 주위에 모여드는 아이들은 그애의 관심을 조금이라도 더 끌기 위해 절이라도 할 태세였다. 한마디로 그애들은 마치 사라의 명령에 따라 움직이는 기계 같았다. 나는 그런 순진한 아이들에게 화가 났고, 사라가 그애들에게 최면을 걸듯 행동하는 것도 경멸스러웠다. '너희의 관심이 없으면 사라는 아무것도 아니야. 너희는 다만 사라의 반짝이는 겉모습만을 볼 뿐이야. 너희는 바보야.' 나는 생각했다.

나는 조금씩 내 자신을 방기했다. 학교 성적에도 더이상 신경 쓰지 않았다. 성적은 자꾸 떨어졌다. 삶 역시 내 손가락 사이를 빠져나가버렸다.

부모님은 내게 이것저것 질문하기 시작했다. 병적인 허기와

식욕부진 증상이 번갈아가며 나타났다. 나는 목구멍 안에 손가락을 찔러넣고 토했다. 음식물과 함께 내 몸 전체가 배수구를 통해 소용돌이치며 빠져나가기를 바라며 피가 나올 때까지 토했다. 삶은 부조리일 뿐이었다. 이제는 출구도 없었다. 나는 살아 있기에 살 뿐이었다.

나는 죽음을 생각했다. 호흡과 운동을 멈춘 창백한 몸에 대한 상상은 나를 매혹시켰다. 물론 죽음이 의미하는 바를 알지는 못했다. 그러나 무섭지 않았다. 언젠가 내 손목을 들여다볼 일이 있었는데, 그 위의 구불구불한 핏줄을 보고 있자니 손목을 그어버리고 싶은 충동이 일었다. 어쩌면 죽음이란 삶에, 그것의 무심함과 무게, 그리고 고통에 맞서지 않아도 되게 해주는 가장 쉬운 동시에 비겁한 해결책인지도 몰랐다. 삶에 실패했다는 치욕스러운 느낌이 내 안에 깃들여 있었다. 단지 세상에 존재하기 위해 산다면 삶에 무슨 의미가 있겠는가?

부모님이 겪을 고통만이 나를 주저하게 했다. 그런 와중에도 이따금 가느다란 희망의 빛과 일시적인 것이 틀림없을 모순이 찾아와 낙담하지 말라고 내게 열정적으로 속삭이곤 했다.

그러던 어느 날, 마침내 나는 쓰러졌다.

지금도 기억난다. 11월이었고, 아침 나절이었다. 굉장히 굉장히 추운 날이었다. 체육 선생님은 추위 속에 우리를 뛰게 했다.

수 킬로미터를 뛰어야 했다. 센 강을 따라, 그리고 마을의 거리들을 지나 달려야 했다. 발의 감각이 없어지고, 얼음장같이 차가운 바람이 뺨을 후려쳤다. 나는 줄곧 뒤로 처졌다. 천식 때문에 숨쉬기가 힘들었다. 목구멍에서 숨이 턱턱 막혔다. 나는 희뿌연 김을 입으로 힘없이 내뿜으며 간신히 숨을 내뱉었다. 점점 더 숨이 막혀왔다. 폐가 짓눌려 정신이 흐릿해졌다. 온몸에서 힘이 빠지고 다리는 조금씩 앞으로 꺾였다. 몸이 내 몸 같지가 않았다. 나는 혹독한 고문을 견디듯 그 시간을 견뎌냈다. 계속 달리다가 지치고 숨이 차서 결국 넘어질까봐 두려웠다. 나는 달렸다. 벤톨린* 관(管)을 손에 꼭 쥐고 나 자신을 안심시켰다. 마치 그것이 숨쉴 수 있도록 언제나 도와줄 것이며, 이 압박에서 나를 해방시켜줄 것이라고 믿는 것처럼.

그날 아침은 정말 지독히도 추웠다. 센 강은 두껍고 촘촘한 베일에 뒤덮여 있었다. 추위 속에서 강물은 움직임도 없이 증발하는 듯했다. 나는 수평선 부분이 불그스름한 맑은 하늘을 바라보았다. 보도 위에는 벌거벗은 나무들이 줄지어 서 있었다. 나는 거리의 소음을 들으며, 가스 냄새와 거리로부터 올라오는 콘크리트 냄새를 들이마시며 계속 달렸다.

---

* 천식 치료에 사용되는 호흡기 제제의 상품명.

우리는 강을 따라 나아갔다. 얼마간 더 나아갔을 때, 나는 근육이 더이상 반응을 보일 수 없을 정도로 움츠러드는 것을 느꼈다. 심장 박동이 느려지고, 동시에 얼마 안 되는 산소를 펌프질하던 짓눌린 폐가 작동을 멈추었다. 입에서는 끊임없이 쌔액쌔액 하는 소리가 새어나왔다. 공기가 모자라 뇌는 아무런 작용도 할 수 없었고, 배는 찢어질 듯 아팠으며, 몸 전체가 어디론가 사라져버리는 듯했다. 내 몸의 모든 기관들이 피를 흘리고 있었다. 나는 바지 뒷주머니에서 벤톨린 관이 들썩거리는 것을 느끼며 반복해서 중얼거렸다.

"너에겐 벤톨린이 필요 없어. 너는 숨쉴 필요가 없어. 끝까지 가, 샤를렌. 두려워하지 마. 그냥 다리가 혼자서 움직이도록 내버려두기만 하면 돼."

나는 벤톨린 관의 존재를 잊어버렸다. 내딛는 발걸음마다 약해진 심장 리듬을 타고 내 안에 울려 퍼졌다. 그것은 나를 죽음에 가깝게 했으며, 들이쉬는 숨은 격렬한 고통으로 내 목구멍을 태우며 가슴속까지 이르렀다. 나는 다시 달리기 시작했다. 똑바로 앞을 향해 나아갔다. "푸-하" 하는 심장의 고동 소리가 내 안 깊은 곳에서 불규칙하게 반복되었다. 그 소리는 너무나 선명해서 마치 두개골 속까지 이르는 듯했다. 나는 벤톨린 관의 꼭지를 열지 않았다. 죽음을 경험하고 싶었다. 손가락으로 감지되지 않는 그 감각을 실제로 만져보고 싶었다.

"벤톨린. 샤를렌, 벤톨린. 그게 거기 있어. 너의 주머니 속에. 우리는 그게 필요해."

내 폐들이 뇌를 향해 울부짖었다.

"아니야. 너희는 아직 더 버틸 수 있어. 거의 다 됐어. 일단 그곳에 이르게 되면, 더이상 공기가 필요 없을 거야. 약속할게."

나는 내 폐들에게 말했다.

그리고 모든 것이 새하얗게 변했다. 가슴 깊은 곳에서부터 올라오는 피 맛이 느껴졌다. 피가 내 입을 적셨다. 혀에서 축축하고도 잔인한 피의 입맞춤이 느껴졌다. 나는 드디어 성공했음을 알았다. 이제는 후퇴할 수 없을 것이었다. 나는 커다란 기쁨을 느끼며 승리를 외쳤다. 내 앞에 펼쳐져 있는 하늘에서 너무도 찬란한 빛이 쏟아져내려와 눈을 감아야 했다. 희뿌연 미광이 점점 짙어지더니 마침내 내 눈을 가려버렸다. 이제 천천히, 부드럽게, 아무런 소리도 내지 않고 쓰러지는 일만 남아 있었다. 그때 멀리서 사람들이 울부짖는 소리가 들려왔다.

"샤를렌, 무슨 일이야! 샤를렌이 숨을 쉬지 않아요. 여기 좀 봐요, 샤를렌이 쓰러지려고 해요!"

그리고 주위는 완전히 조용해졌다.

뒤를 이은 침묵중에 내 귓가에는 오로지 긴 중얼거림만이 맴

돌 뿐이었다. 숨쉬어, 샤를렌. 숨쉬어.

그리고 나는 쓰러졌다. 아주 느린 움직임 속에서 나는 강렬하고, 깊고, 끝도 없는 파도 속으로 몸이 잠겨들어가는 것을 느꼈다. 쾌락이 끝나는 느낌이 내 몸 전체를 휩쓸었다. 나는 고통이 그 위를 덮도록 내버려두었다. 나는 죽음의 숨결이 삶의 숨결에 대항하여 고동치고, 마침내 내 존재 구석구석을 점령하는 것을 느꼈다. 나는 그 죽음을 바라보았다. 그것은 이미 내 안에 살고 있었다. 마지막에 한 생각은 내가 이겼다는 것이었다.

다시 눈을 떴을 때, 눈꺼풀은 무거웠고 입술은 끈적끈적했다. 입에는 산소 마스크가 씌워져 있었다. 나는 내가 실패했다는 것을 즉시 알아차렸다. 또 한 번 시합에서 졌다. 내 몸은 죽지 않았던 것이다. 나는 비겁했다. 세상과 맞서겠다는 나의 생각은 두번째로 내 존재 전체를 깊은 혐오감으로 가득 채웠다.

엄마가 울고 있었다. 엄마는 차갑고 생기 없는 내 손을 자기 손 안에 꼭 쥐고 있었다. 그 손은 너무나 따뜻했으며 살아 있었다. 아버지는 무표정한 얼굴로 내 침대 옆에 서 있었다. 아버지의 눈이 빨갰다. 지쳐 보였고 눈가에는 깊게 그늘이 져 있었다. 이윽고 방 한쪽에 놓인 검은 안락의자에 누군가 앉아 있는 것이 눈에 들어왔다. 남동생이었다. 그애는 고개를 양손에 푹 파묻고 있었다. 손가락 사이로 검은 머리털이 아무렇게나 삐죽삐죽 튀어나와 있었다. 침묵 속에서 우리 네 사람은 울기 시작했다.

그들은 그날 하루 종일, 그리고 그 다음날도 내 옆에 있었다. 엄마는 몇 시간 동안이나 내 손을 붙들고 있었다. 그리고 이별의 순간, 내 손이 엄마의 손에서 떨어지자 힘이 좀 나는 것 같았다. 나는 울기 위해 밤을 기다렸다. 내가 다시 살게 되어서, 그리고 그것이 내게 현기증을 불러일으켰기 때문에 울었다. 하지만 나는 가족을 사랑했다. 다시는 돌이킬 수 없는 일을 저지를 뻔했던 것이다. 여러 날이 지나갔다. 나는 죽음이 점점 나를 저버리는 것을, 그리고 삶이 그 자리를 다시 차지하는 것을 느꼈다. 목구멍이 타는 듯했다. 그러나 그 타는 듯한 느낌은 질식의 느낌은 아니었다. 그것은 눈물의 맛이었다.

나는 내 방의 하얀 벽을 바라보며 하루하루를 보냈다. 완벽한 흰빛이었다. 깨끗하고 투명하며, 마음을 가라앉히고 생기를 부여하는. 나는 다시 숨을 쉬었다. 그러자 갑자기 맑은 공기가 내 안으로 흘러들어와 내 폐와 존재 전체를 가득 채우는 믿을 수 없는 기쁨을 체험하게 되었다. 하얀 빛과 산소가 가볍고 순수한 느낌과 무한 그리고 편안함으로 내 몸을 채웠다. 마치 내가 내 존재 위로 날아다니는 것 같았다. 내일 일은 생각하지 않았다.

어느 날, 문틈 사이에 누군가 나타났다. 그 실루엣은 환하게 반짝이는 오후의 빛 속에 있었다. 그것이 그늘에서 나와 나에게로 다가오기 전까지 나는 그것이 천사인 줄만 알았다. 하지만 그것은 사라였다.

사라는 내게로 걸어와서는, 반 아이들과 선생님들의 선물이라면서 근사한 꽃다발을 침대맡에 내려놓았다. 그러고는 내 옆에 앉았다. 그애는 오랫동안 이야기를 했고, 나는 주의를 기울여 그애의 이야기를 들었다. 그애의 목소리는 맑고 차분했으며, 그애가 하는 따뜻한 말 한마디 한마디는 조금씩 나를 누그러뜨렸다. 순간 나는 이해받았다고 느꼈고, 안정감을 느꼈다.

사라는 따뜻해 보이는 눈으로 내 눈을 응시했다. 그애의 눈에서 나오는 이상한 빛은 사물을 꿰뚫는 듯했다.

그애가 말했다.

"내가 쇼팽 중학교에 처음 왔을 때부터, 너는 줄곧 내 호기심을 끌었어. 너는 혼자이고, 말이 없고, 무엇인가에 갇혀 있었지. 네가 불행하다는 걸 알아, 샤를렌. 분명히 그래. 너에겐 자아가 없어. 또 나는 네가 이렇게 병원에 있게 된 것이 우연히 일어난 일이 아니라는 것도 알아. 그건 사고가 아니었어, 그렇지? 너는 천식발작이 일어나면 달리지 않아도 된다는 것도, 너무 힘들면 멈춰 서서 숨을 가다듬을 수 있다는 것도 잘 알고 있었어. 하지만 그렇게 하지 않았지. 너는 계속해서 뛰었어. 그렇게 하면 어떻게 될지 잘 알고 있었기 때문이지. 나는 다 알고 있어. 네 마음

이해해."

나는 아무 말 없이, 당황한 채, 무장해제된 채 가만히 있었다. 사라는 나에게서 멀리 떨어져 있었는데도 내 안 깊은 곳을 읽어 낸 것이었다. 사라는 나를 혼란에 빠뜨렸다. 나는 사라의 시선 속에서 잔인한 진실을 맞닥뜨리지 않기 위해 눈을 내리깔 수밖에 없었다.

사라는 내 손 위에 자기의 두 손을 올려놓았다. 그리고 아무 말도 하지 않고 잠시 그대로 있었다. 나는 눈물을 참으려고 애썼다.

이윽고 사라가 말했다.

"너는 구원받았어. 운이 좋구나. 명심해. 지금부터 너는 너 자신을 믿을 수 있다는 걸. 너를 도와주고 싶어. 우리가 친구가 되었으면 좋겠어."

그 말은 내게 이런 의미로 들렸다.

"너는 이제 혼자가 아니야, 샤를렌."

숨쉬다

사실, 사라를 제외하고는 내 주변의 누구도 그걸 알아채지 못했다. 아무도, 심지어 내 부모님조차도. 그들은 그것이 사고가 아니었음을, 그것은 죽음을 알기 위한 시도였음을, 질식에 대한 열망이었음을, 한마디로 말해 자살기도였음을 알지 못했다.

응급실의 미닫이문이 세상을 향해 열렸을 때, 내 안 좀더 깊은 곳에서 무엇인가 나를 사로잡았다. 그것은 새로운 삶을 발견하려는, 다시 태어나려는, '숨쉬어야 할' 필요성이었다. 나는 선(善)을 위해, 삶을 위해 존재할 준비가 되어 있었다. 그리고 이제 내게는 사라가 있었다. 새로운 기운 같은 사라의 존재는 내가 더이상 혼자서 세상과 맞서지 않아도 된다는 것을 환기시켜주었다.

학교 울타리 안으로 돌아가보니, 나는 모든 시선과 관대한 미소들과 용기를 북돋워주는 친절한 말들의 대상이 되어 있었다. 병원에서 나흘을 보낸 뒤, 새로운 샤를렌이 탄생한 것이다. 요컨대 이제는 행복이 존재했다. 그것은 그곳에, 나와 함께, 사라 옆에 존재했다. 이제 보호자로서의 죽음은 필요 없게 되었다. 죽음은 예기치 않은 최악의 순간에 나를 안심시켜주는 수단, 유일한 구원의 출구일 뿐이었다.

　사라는 나의 보호자, 나의 피난처, 나의 빛이 되었다. 나는 사라와 함께 지내면서 그애를 더 잘 알게 되었다. 만약 상황이 다시 악화된다면, 그애가 나를 구해주러 올 것이었다. 그애는 나에게 간단하면서도 아주 멋진 약속을 해주었다. 바로 내 친구가 되어주겠다는 것이었다.

　며칠도 지나지 않아 그애가 내 일상의 행복, 삶에 대한 내 승리의 지지자가 되어줄 것임을 알 수 있었다. 나는 매일 아침 쇼팽 중학교 교문 앞에서 그애를 기다렸다. 아침이 되면 그애를 만나고 싶은 초조한 기분으로 자리에서 일어났으며, 교문 앞에서 마침내 그애가 도착하는 것을 전율하면서 지켜보고, 그애의 팔 안에 즐겁게 나를 맡겼다. 나는 격한 기쁨의 감정에 불타올랐고, 이젠 아무것도 중요하지 않았다. 그애는 내 곁에 존재하면서, 때때로 다시 솟아오르는 나의 고통을 잠재우는 후원자가 되어준 것이다.

2월, 봄방학이 시작된 무렵의 어느 날, 사라는 나를 자기 집에
초대했다. 엄마가 12구(區)에 있는 그애의 집에 나를 데려다주
었다. 아파트 1층이었다. 사라는 그곳에 살고 있었다. 모든 것이
무질서하게 흩어져 있는 작은 아파트 안에. 거실을 가득 채우고
있는 빛이 그곳에 독특한 광휘를 던져주고 있었고, 유리를 끼운
커다란 창은 도심을 향해 열려 있었다. 벌거벗은 키 큰 나무의
가지들이 발코니를 가볍게 스치자, 남아 있는 눈덩이들이 부드
럽게 반짝거렸다. 나는 마치 병원 벽처럼 하얀 벽을, 윤이 나는
나무와 붉은 무명으로 장식된 낡은 부엌을 바라보았다. 휑하니
비어 있는 식당엔 긴 의자 하나만 달랑 놓여 있었고, 바닥에는
텔레비전 한 대가 놓여 있었다. 유리창 앞에는 중국풍의 낡아빠
진 작은 가구들이 몇 점 놓여 있었으며, 짙은 파란색 타일을 붙
인 욕실 안 세면대 주변에는 미니어처 향수와 화장품들이 흩어
져 있었다. 그리고 침실 안에는 조금만 오래 숨을 쉬어도 얼굴을
돌려야 할 만큼 짙은 향냄새가 떠돌고 있었다.

한마디로 사라의 아파트 안에는 이상한 분위기가 감돌고 있
었다. 빛과 공허함으로 가득한 그 공간에서는 모든 것이 고요했
다. 몇 시간이 흘렀다. 하지만 시간은 더이상 존재하지 않는 것
만 같았다. 나는 이제부터 결코 잊을 수 없게 될 그 장소를 이리

저리 걸어보았다. 평안과 가벼운 현기증이 느껴졌다.

우리는 그날 오후를 함께 보냈다. 나는 그때까지 살아오면서 그렇게 많이 웃어본 적이 없었다. 우리는 아파트에서 조금 떨어진 곳에 있는 공원으로 산책을 나갔다. 하늘은 푸르렀고 날씨는 쌀쌀했다. 사라가 잔디 위에 누웠고, 나도 따라 누웠다. 태양이 우리의 눈꺼풀을 비추었다. 겨울이 거의 끝나가고 있었다. 기분이 좋았다. 우리는 폐 속 가득 숨을 들이마셨다. 나는 콧구멍을 벌름거리며 흙과 거기에 섞여든 이슬 냄새를 맡았다. 우리는 숨을 쉴 수 없을 정도로 실컷 웃었다. 나는 사라의 찬란한 목소리를 다시 들었고, 헝클어진 머리칼 사이에 파묻힌 그애의 얼굴을 다시 보았다. 사라의 시선은 햇빛 속에 잠겨 있었다. 나는 눈물이 날 정도로 웃어야 할지, 아니면 나를 사로잡는 이 엄청난 행복감으로 울어야 할지 알 수 없었다. 어린 시절 이후 그런 행복을 느껴본 적이 없었다. 아마 그때가 처음인지도 몰랐다.

저녁에 우리는 사라가 침대로 쓰는 매트리스 위에 길게 몸을 뉘었다. 덧창이 방 안에 가느다란 회색 줄무늬를 드리우고 있었다. 이상한 침묵이 우리 주변을 감쌌다. 우리는 바깥에서 나는 소음을 들었다. 거리를 지나가는 마지막 자동차들이 내는 소리였다. 이윽고 밤이 세상을 덮었다. 모든 것이 한없이 평화롭게만 보였다. 우리의 중얼거림은 거대하고 헤아릴 수 없는 고요함 속에 잠겨들었다. 나는 피로가 몰려오는 것을 느꼈다. 우리의 목소리는 시간 속에서 조금씩 조금씩 꺼져들어갔다. 우리는 긴 시간 동안 이야기를 나누었다. 특히 사라가 이야기를 많이 했다. 나는 밤이 깊어감에 따라 점점 잘 들리지 않는, 무념무상의 시간을 뚫고 흘러나오는 그애의 목소리를 들었다. 고요한 밤의 공간 속에서, 나는 마치 내가 줄곧 그애 곁에서 살아온 것처럼 그 아이를 이해할 수 있을 것만 같았다.

아침이 왔다. 나는 눈을 떴다. 사라는 아직 자고 있었다. 나에게 몸을 꼭 붙인 채. 내 얼굴 바로 옆에 그애의 긴 머리카락이 흩어져 있었다. 머리카락에서 나는 향기가 나를 감쌌다. 사라는 내가 일어나고 한 시간 후에 잠에서 깨어났다. 나는 그 한 시간 동안 사라가 자는 모습을 바라보며 시간을 보냈다. 우리는 거의 두 시간 동안 모든 것에 대해, 그리고 아무것도 아닌 것에 대해 토론을 하고 숨이 막힐 때까지 웃어대면서 버터와 꿀을 바른 빵으로 아침식사를 했다.

아침 나절이 끝나갈 때쯤 아버지가 나를 데리러 왔다. 그때까지도 우리는 파자마 차림이었다. 나는 재빨리 집에 돌아갈 준비를 마치고 사라와 그애 엄마에게 작별인사를 했다. 두 사람은 원한다면 또 놀러 오라고, 그들의 집 문은 언제나 나를 향해 열려 있을 것이라고 말했다. 나는 사라를 꼭 끌어안았다. 사라에게서는 아침의 향기, 막 빨아 말린 침대 시트의 냄새, 부드러운 땀냄새, 설탕을 넣은 커피 냄새가 났다. 나는 빛과 형언할 수 없는 여러 가지 느낌으로 가득 찬 채 그 작은 아파트에서 나왔다. 그 느낌이 그후로도 몇 년 동안 나를 따라다니리라는 것을 그때는 알지 못했다.

사라는 미국에서 떠나온 이래 이곳 12구의 방 네 개짜리 조그만 아파트에서 엄마 마르틴과 단둘이 살고 있었다. 때로는 '의붓아버지'가 그곳을 찾아오기도 했다. 사라의 아버지는 몇 년 동안 그들 곁에 없었다. 하지만 사라는 아버지에 대해서는 결코 이야기하는 법이 없었다. 그애가 태어나고 일이 년쯤 지났을 때 사라의 부모는 이혼했고, 사라는 아버지와 엄마 사이의 소송이 일으키는 고약한 갈등의 분위기에 휩싸였다. 그들은 두 번의 재판을 거쳐 이혼했고, 그 사이 사라의 엄마는 몇 번이나 자살을 기도했다. 결국 그녀는 딸을 자기 부모에게 맡겨 캘리포니아로 데려가게 했다. 그 일에 대해 사라의 엄마는 아직까지도 몹시 괴로워했다. 그녀는 때때로 밤늦게 집에 돌아왔고, 사라와 나는 어슴푸레한 빛을 밝힌 그애 방에서 그녀가 돌아오기를 기다렸다. 조용한 밤, 우리는 삐걱거리는 문 소리와 집 안에 울려 퍼지는 그애 엄마의 웃음소리를 들었다. 이윽고 자기 방으로 가는 그녀의 발자국 소리가 들려왔고, 낄낄거리며 웃는 소리가 새벽까지 계속되었다. 아침이면, 그녀는 거의 매번 다른 남자를 따라 기진맥진한 얼굴로 방에서 나왔다. 처음에 나는 충격을 받았다. 하지만 사라는 별로 심각한 일이 아니라고, 자기는 별로 개의치 않는다고 말했다.

사라는 물질적으로는 별로 부유하지 못했다. 나는 프티 부르주아였지만, 사라는 평범한 중산층에 속했다. 하지만 그 사실이 그애를 향한 나의 미칠 듯한 부러움을 막을 수는 없었다. 사실 사라는 정서적으로 문제가 있고 버릇이 나쁜 아이였다. 그애의 조부모님은 세상의 누구보다도 그애를 사랑했고, 그애 엄마의 친구들은 사라를 친자식처럼 대해주었다. 반 친구들이나 남자아이들은 말할 것도 없었다. 사라의 엄마 마르틴에 대해 말하자면, 그녀는 모녀 사이인 그들의 관계가 친구간의 우정 같은 것이기를 바랐다. 그런 이유로 몇 년 동안 나는 사라의 엄마를 가장 위험한 라이벌처럼 대해야 했다.

사라와의 우정은 쉽지 않았다. 모든 것이 사라를 나의 삶으로부터 떼어놓으려 했다. 거기에는 우리 가족의 분위기도 포함된다. 사라네 집의 일상은 상당히 번잡했다. 반면 우리 부모님은 내 생활이 언제나 정확하고 질서 있게 정돈되도록 나를 교육시켰다. 내 전 존재를 걸고 말하건대, 나는 그때까지 사라만큼 무질서한 사람을 알지 못했다. 알고 보니 사라와 그애 엄마는 내가 알지 못하던 신조 하나를 갖고 있었다. 그것은 쓸데없는 일에 머리를 쓰지 말고 살자는 것이었다. 그들은 오전 시간이 다 끝나갈 때쯤 잠자리에서 일어날 수도 있었고, 오후 늦게 식사할 수도 있었다. 친구 집에서 저녁 나절을 보내고 몇 시간 늦게 일하러 갔다가 밤중에 돌아올 수도 있었다. 사라는 자주 나를 그런 요란하고 분주한 리듬 속으로 이끌었다. 우리 엄마는 그것을 탐탁지 않게 생각했다. 하지만 나는 아랑곳하지 않았다. 부모님이라고 해서 자신들의 삶처럼 생기 없고 시대에 뒤떨어진 삶을 나에게 강요할 수는 없었다.

곧 우리 아버지는 거의 매주 규칙적으로 나를 사라의 집 앞까지 승용차로 데려다주게 되었다. 사라의 엄마는 나를 아주 좋아했고, 나는 그들과 함께 시간을 보내는 것이 싫지 않았다. 그 작고 조용한 아파트는 나의 집이 되었다. 하지만 사실대로 말하자면, 우리가 그 집 안에 머무는 일은 매우 드물었다. 그보다는 사라를 따라 혼잡한 저녁 파티에 가거나 그애 엄마의 친구들이 주최하는 저녁식사 모임에 참석하는 일이 더 많았다. 우리 엄마는 그런 모임을 좋아하지 않았지만, 사라는 그런 우리 엄마의 성향에 코웃음을 쳤다. 나 역시 마찬가지였다.

사라는 나에게 사는 법을 가르쳐주었다. 사라는 커다란 해방의 외침을 통해 지나치게 오랫동안 내 호흡을 짓누르고 있던 덩어리가 내 목구멍으로부터 솟구쳐 올라오게 만들었다.

조금씩 조금씩, 나는 그애를 이해하게 되었다. 그러나 사라는 자기가 정말로 어떤 사람인지는 그 누구도 결코 알 수 없을 거라는 듯이 행동했다. 사라는 다른 사람들과 너무도 달랐다. 때로는 이미 열세 살이라는 것을 잊은 듯 말괄량이 어린애처럼 아무렇게나 행동했고, 어떤 때는 언제 그랬느냐는 듯 태도가 돌변하여 마치 어른처럼, 이상하리만큼 성숙한 태도로 토론에 빠져들기도 했다. 사라는 오랜 시간 동안 나에게 자기의 야망과 꿈, 그리고 고통에 대해 이야기했다. 때로는 어린아이같이 흥분하여 나를 죽도록 웃게 만들기도 했고, 때로는 함께 심각해지기도 했다. 그렇게 사라가 내게 속내를 털어놓을 때면 나는 그애의 슬픔을 위로하기 위해 목숨이라도 내어줄 수 있을 것 같았다.

대체 사라에 대해 어떻게 설명해야 할까? 어떻게 하면 정확하게 묘사할 수 있을까? 다른 누구와도 닮지 않은 그 아이, 내 삶을 변화시킨 그 아이를.

몇몇 추억들이 떠오른다. 그애가 자기 방 거울 앞에 서 있다. 옷을 반쯤 벗고 내게 등을 돌린 채. 그애는 아주 긴 다리와 밋밋하고 근육이 발달된 사내아이의 어깨, 가브로슈* 같은 어린아이

---

* 빅토르 위고의 『레 미제라블』에 나오는 인물. 재치 있고 다소 반항적인 성격을 갖고 있다.

66

의 얼굴을 하고 있었다. 하지만 풀어헤친 머리카락과 아름다운 상반신은 여성성을 배반하는 어깨를 커버하고도 남는, 거부할 수 없는 매력을 발산하고 있었다. 나는 그애를 바라보았다. 여성성으로 찬란하게 피어나는 그애를.

사라는 뿌루퉁한 표정으로, 아무 말 없이, 거의 엄격하기까지 한 태도로 커다란 거울 속에 비친 자신의 모습을 머리끝에서 발끝까지 탐색했다. 그애는 자신의 엉덩이가 너무 납작하다고 불평하고 가슴이 별로 나오지 않았다고 투덜댄다. 나는 그애 뒤에 놓인 침대 겸용으로 쓰는 소파에 앉아 그애의 외모는 보는 사람을 기분 좋게 한다고, 그러니 콤플렉스를 가질 이유가 전혀 없다고 반복해서 말하며 그애를 안심시킨다. 하지만 그애는 내가 아무 말도 하지 않은 것처럼 전혀 반응을 보이지 않는다. 그러더니 갑자기 나를 향해 돌아서서 웃음을 터뜨리며 내게 키스를 퍼붓는다.

사라는 나를 매혹시켰다. 그애의 대담함, 그애의 별난 점, 그애의 천진난만함, 모든 것이 나를 끌어당겼다. 나보다 그애를 잘 이해할 수 있는 사람은 아무도 없었다. 나는 마음속 깊이 그애를 이해했고, 어떤 일에 대한 그애의 반응 하나하나를 예견했고, 수시로 변하는 그애의 기분까지 예측했다. 나는 사라의 독특하고 모순된 성격을 파악해보려고 노력했다. 그러나 별 소용이 없었다. 절망스럽지만 나는 사라가 기대하는 수준에 절대로 도달하지 못할 것이었다. 사라는 그것도 모른 채 내 정체성을 찾아주려고 애쓰고 있었다. 하지만 그애 곁에 있게 되면서 나는 마침내 사람들의 시선을 받게 되고, 어쩌면 사랑도 받게 된 것처럼 느꼈다. 그것은 새롭고, 흥분되고, 거의 현기증이 날 만한 감정이었다.

사라가 나를 신임했기 때문에 나는 다시 태어난 듯한 기분을 느낄 수 있었다. 사라는 내가 "멋진 여자아이"라고, 내가 자기 자신을 너무 과소평가하고 있다고 말했다. 사라는 내가 "자신이 줄곧 찾아온 친구"라고 말했다. 나 자신이 그 말을 믿을 수 있게만 된다면 내가 가진 그 무엇이라도 바쳤으리라. 사라는 어린아이처럼 웃으며 내게 "샤를리"라는 별명을 붙여주었다. 사라의 말 한마디 한마디가 나에게 더 큰 힘과 만족을 가져다주었다. 나는 그애가 말하는 샤를렌이 되려고 노력했다. 그애 말대로라면 나는 그 어떤 존재라도 될 수 있었으리라.

사라는 나 자신조차 이해할 수 없었던 나를 잘 이해해주었다. 그애는 내 존재의 단순한 경계를 넘어 더 멀리 나아갔다. 내 삶은 점차로 형태를 갖추기 시작했고, 나는 누군가 되었다. 가끔 그것이 나를 두렵게 하기도 했다. 진실로 나에게 속한 일이라고 하기에 그것은 너무 갑작스럽고, 너무 새롭고, 너무 숭고했다.

어느 봄날 저녁, 둘이서 함께 쇼팽 중학교의 복도를 걸어나오면서 나는 사라에게 물었다.

"왜 나야?"

나는 사라 같은 아이가 왜 나 같은 애를 높이 평가하고 친구로 지내는지 이해해보려고 노력했지만 잘 납득할 수 없었던 것이다. 사라는 모든 것을 가졌고, 나에겐 아무것도 없었다. 사라는 가는 곳마다 사람들의 주의를 끌었고 자신의 매력 앞에 사람들이 무릎을 꿇게 했다. 그런데 그런 그애가 왜 나에게 이렇게 신경을 쓴단 말인가?

사라는 걸음을 멈추더니 알쏭달쏭한 시선으로 나의 눈을 깊이 들여다보았다.

"너는 나의 가장 좋은 친구야, 샤를렌."

그러고는 아주 솔직하고 침착한 태도로 내가 즉각적으로 자기를 신뢰해주었노라고 덧붙였다. 나의 삶은 그때부터 송두리째 뒤흔들렸다.

나에게는 사라와 같은 대범함이 필요했다. 어떤 면에서 사라는 아직도 장난꾸러기 아이 같았다. 나는 어떻게든 살아보려고 절박하게 노력했고, 조숙하게 어른처럼 생각해보려고도 했다.

물론 결과는 실망스러웠다. 하지만 나는 사라와 함께 어린 시절의 환희를 되살려냈다. 사라 곁에서 보낸 그 야릇한 순간들은 금지된 감미로움을 지니고 있었다. 나는 매혹당했다. 그 무엇도 사라가 나에게 미치는 영향력으로부터 나를 벗어나게 할 수는 없었으리라.

반면 내 부모님은 몇 가지 의문을 제기했다. 엄마는 사라가 나에게 나쁜 영향을 준다고 했다. 그런 부모님과 함께 있으면 끔찍했다. 어느 날 부모님이 내 태도에 대해 야단을 쳤을 때, 나는 목소리를 높여 소리 질렀다.

"오히려 사라의 가족이 내 가족 같아요. 지금부터 엄마 아빠는 더이상 내게 없어요."

우리는 방학중 얼마 동안을 함께 보냈다. 분주하고 쾌활한, 정말 멋진 여름이었다. 나는 내 삶의 하루하루가 새파란 하늘 아래 펼쳐지는 것을 보았다. 우리는 한계도 금기도 없는 세계를 함께 나누었다. 나는 존재하고 있었다. 그때까지 삶은 내가 감히 열어보지 못한 값진 보석상자 속에서 나에게 몸을 맡겨왔다.

때때로 사라가 우리집에 왔다. 우리는 시골에 사는 내 삼촌 댁에서 며칠을 함께 보냈다. 바지를 장딴지까지 걷어올린 채 들판을 흐르는 작은 시냇물을 건너면서 우리는 끊임없이 깔깔댔다. "나 좀 업어줘, 샤를리. 어서. 나 좀 업어줘!" 내가 거절할 수 없으리라는 것을 잘 아는 사라는 애원하며 소리쳤다. 나는 사라를 업고 그애가 웃는 소리를 들으며 세 발짝을 걸은 뒤, 차가운 물속으로 나동그라졌다. 잠시 후, 우리는 풀밭으로 나와 옷을 벗고 빛나는 햇볕에 몸을 말렸다. 지나가던 사람들이 깜짝 놀라 우리를 쳐다보았다. 사라는 그런 것쯤은 무시했고, 우리는 함께 웃어대기 시작했다. 이윽고 우리는 삼촌 집으로 향했다. 젖은 바지와 더러운 신발에 대해 숙모에게 설명할 그럴듯하지 않은 수천 가지 핑곗거리를 생각해내면서.

그 모든 것을 원한 것은 사라였다. 다 일시적인 변덕 때문이었다. 나는 그애가 원하는 것이라면 뭐든지 했기 때문에, 사라는 혼자서 재미있어하고 나를 놀려대면서 즐거워했다. 나로 말하자면, 사라가 웃어야만 안심할 수 있었다. 사라의 폭소는 그것을 터뜨리게 한 것이 나였을 때에 한해 나의 승리였다. 다른 사람이 그 역할을 맡게 되면 나는 지독한 질투심을 느꼈다.

사라는 때때로 나를 자기 조부모님 댁에 데리고 갔다. 그분들은 13구에 있는 한 작은 아파트에 살고 있었다. 그 아파트에서는 오래된 냄새가 났다. 벽들 사이에는 침묵과 오래된 시계추의 끊임없는 움직임이 표시하는 시간 말고는 아무것도 존재하지 않았다. 그곳은 나에게 자주 현기증을 일으켰다. 사라의 할머니는 반할 만한 분이었다. 그분의 풍만한 가슴과 통통한 팔은 이따금 나에게 갓난아기 적 엄마의 포옹을 환기시켰다. 간식을 먹으러 가면, 설탕을 입힌 작은 과자에서 나는 맛있는 냄새가 문가에까지 배어 있었다. 나는 잊을 수 없이 맛있던 따뜻한 코코아에 적신 후 내 혀 위에서 부스러뜨린 과자들의 그 부드러운 감촉을 기억한다. 반면 사라의 할아버지는 견디기 힘든 분이었다. 그분은 메마르고, 키가 크고, 흉측한 타입이었다. 웃음소리도 끔찍했다. 저녁식사를 할 때면 그분은 무표정한 얼굴로 메스꺼운 소리를 내며 포타주*를 홀홀 삼켰다. 사라의 조부모님은 세상으로부터 물러나 은둔하는 사람들처럼 살고 있었다. 그들은 아무것도 요구하지 않았고, 오로지 손녀의 행복만을 바랐다. 그들에게 사라는 모든 것을 의미했다. 하지만 사라에게 그들은 엄마의 삶을 파괴한 이방인들일 뿐이었다. 나는 사라가 조부모님에게 말하는 방식이 지나치다고 자주 생각했다. 사라는 나에게 자기가 그들을 경멸한다고, 모든 것이 그들의 잘못 때문이라고, 그들은 자기도, 자기 엄마도 결코 사랑하지 않았다고 말했다. 그애가 때때로 그들을 방문하는 것은 단지 경제적으로 그들에게 빚을 지고 있기 때문이었다.

나는 사라의 독특한 면모 하나하나가 부러웠다. 하지만 그애

---

* 고형물을 넣어 끓인 진한 수프.

를 질투하지는 않았다. 오히려 그애를 숭배했다. 그애가 나를 안심시켜주었기 때문에, 그애가 나로 하여금 생을 사랑하게 해주었기 때문에, 그애가 나를 좋아한다고 말해주었기 때문에. 나는 해가 갈수록 강해지는, 한없는 욕구를 느꼈다. 그 욕구란 내가 그애의 삶 속에 한자리를 차지하고 있다는 것을 나 스스로에게 증명하기 위해 내 곁에 그애를 두는 것이었다. 내가 더이상 그애의 가장 좋은 친구가 아니게 되는 것을 상상하기란 불가능했다. 언제까지나 그애의 가장 좋은 친구는 나라고 사라가 몇 번이고 반복해서 말하게 할 수만 있다면 목숨까지도 버릴 수 있었으리라.

8월이 되자, 우리는 각자 여름 휴가를 떠났다. 사라는 엄마, 조부모님과 함께 방데로 갔고, 나는 우리 가족과 함께 프로방스로 갔다. 그리고 빌라의 테라스에 앉아 거의 매일같이 사라에게 편지를 썼다. 나는 작열하는 태양 아래 파랗고 투명한 수영장 가에서 몸을 그을리며 보낸 낮에 대해, 서늘하고 컴컴한 긴 밤에 대해, 바위산을 지나 마을의 장터까지 산책한 것에 대해 사라에게 이야기했다. 나는 방데로부터 올 열 통가량의 답장을 기다리며 내 생활의 세세한 것 어느 하나도 잊지 않으려고 애썼다.

그러나 진실, 그것이 나를 괴롭혔다. 사라가 없으니 내가 아무것도 아닌 것처럼 느껴졌다. 작년에 함께 놀던 친구들이 찾아왔다. 하지만 나는 그애들과 더이상 어울리고 싶지 않았다. 나는 방학이 끝나기만을 고대했다. 내 안 어디에선가 비밀스러운 약속 하나가 너는 오직 사라에게만 속해야 한다고 나를 일깨우는 것이었다.

　여름이 끝을 알렸다. 나는 사라에게서 온 소식이 나를 기다리고 있으리라는 생각에 흥분되어 집으로 돌아갔다. 그러나 지난 이 주간 쌓인 우편물들 속에서 내 앞으로 온 것은 평범한 엽서 한 장밖에 없었다.

　멋진 나날을 보낼 수 있게 해준 방데의 모든 것들이여, 안녕.
　여러분이 돌아와서 다시 만나게 되기를 고대하며 키스를 보냅니다.

　　　　　　　　　　　　　　사라와 그의 가족으로부터

이것뿐이었다.

나는 엽서를 몇 번이나 반복해서 읽었다. 하지만 거기 씌어 있는 메시지는 여전히 무심하고 상처만 줄 뿐이었다.

나는 사실 이전부터 그런 기미를 느껴왔다고, 사라가 이번 여름 동안 나를 잊어버린 것이 틀림없다고 절망스럽게 결론을 내렸다. 그것은 너무도 당연한 일이었고, 동시에 내가 견디기엔 너무도 가슴 아픈 일이었다. 확실히 사라에게는 나처럼 쓸모없고 답답하고 지독하게 평범한 아이의 친구 노릇을 하는 것보다 더 재미있는 일들이 많을 것이다. 나는 이해했다. 이 아름다운 우정의 종말이 가까이 다가오는 것을 묵묵히 받아들였다.

게임하다

나는 소식을 묻기 위해 감히 사라에게 전화를 걸 엄두를 내지
못했다. 수화기를 들고 그애의 집 전화번호를 기억해내는 것, 그
애의 목소리와 대면하는 것, 이런 모든 것이 나를 두렵게 했다.
그애의 반응이 두려웠다. 나는 그애를 너무나 잘 알고 있었다.
그애가 보일 반응과 그애가 가진 권위가 자신이 비난하고 싶은
어떤 것을 간단히 부숴버릴 수 있다는 것을 잘 알고 있었다. 사
실 그때까지 스스로 시인하지는 않았지만, 조만간 내가 그애의
지배력 앞에 무릎 꿇어야 할 것임을 잘 알고 있었다. 무엇 때문
이냐고? 그건 아직까지도 잘 모르겠다……

개학날 아침, 나는 배가 끔찍하게 아파 고통을 느끼며 자리에
서 일어났다. 그날 같은 날을 다시 맞이하게 될 일이 절대로 없

기를 바란다. 나는 쇼팽 중학교 교문 앞에 몇몇 아이들과 함께 서 있었다. 사라가 당당한 태도로 다가왔다. 사라는 곧바로 입구를 향해 들어왔다. 그애는 반짝반짝 빛나는 장난기 어린 눈에 입술 한쪽 끝에는 수수께끼 같은 미소를 띤 채로 우리와 합류했다. 그애에게는 위험한 기운이 서려 있었다. 나는 그애가 지난번 개학날보다 키가 더 크고 여읜 것을 알 수 있었다. 그애는 더이상 아이가 아니었다. 몸은 성숙해졌고 얼굴도 세련되어 보였다. 얼굴에는 화장도 하고 있었다. 불과 두 달 전까지만 해도 화장 같은 것은 참을 수 없다고 말했던 그애가 말이다. 그애는 공공연히 무심함을 드러내며 붉은빛의 머리칼을 흔들었다. 그애의 용모에는 정의할 수 없는 어떤 것이 배어들어 있었다. 타인을 멸시하는 듯한 어떤 것. 그랬다. 그애는 거만했다. 사라가 우리를 향해 걸어오는 것을 보며 나는 처음으로 공포 비슷한 것을 느꼈다.

사라가 언뜻 나를 바라본 것 같았다. 아니면 내가 그애의 시선을 피했던 걸까? 그애는 아무 일도 없는 것처럼, 아무 일도 일어날 수 없는 것처럼 행동했다. 이윽고 그애가 말을 하기 시작했다. 그러자 모든 것이 일 년 전 바로 이곳에서 내가 그애를 처음보았을 때와 똑같아졌다. 아이들의 시선은 거의 본능적으로 그애 쪽으로 쏠렸다. 사라는 자기가 보낸 여름에 대해, 대서양 연안에서 보낸 휴가에 대해 이야기했다. 거기서 기가 막히게 멋진 남자아이를 만났으며, 너무도 많은 일들이 일어났다고, 그래서 자기는 지난 8월을 결코 잊을 수 없으리라는 것이었다. 나는 그 애가 이야기하는 것들에 대해 전혀 모르고 있었다. 그애는 나에게 자기가 어떻게 지내는지 소식조차 주지 않았던 것이다.

수업 시간에 나는 사라를 뚫어지게 바라보지 않을 수 없었다. 내 눈은 그애의 냉정하고 거의 딱딱하기까지 한 얼굴에서 단 일초도 떠나지 않았다. 하지만 그애의 시선은 나를 피하지도 않고, 그렇다고 나를 바라보지도 않고 그저 스쳐 지나갈 뿐이었다. 나는 사라의 생각을 간파할 수 있었다. 사라 또한 내가 느끼는 감정을 알고 있었다. 내 시선이 자기를 향하고 있다는 것을 알고 있었다. 그리고 모든 것을 계산하고 있었다.

하교 길 교문 앞, 사라는 내가 자기에게 다가오기를 기다리고 있었다.

사라는 자신의 승리를 한순간도 놓치지 않고 만끽했다. 내 입에서 흘러나가는 말 한마디 한마디가 내가 이 상황을 불편해하고 있음을 여지없이 드러냈다. 그런 내 모습은 우스꽝스럽기 짝이 없었다. 사라 역시 내 이야기를 듣고도 웃지 않았다.

말하고 질문하는 것은 나였다. 그러나 나는 그리 대단한 이야깃거리를 찾아내지 못했고, 했던 말을 계속 반복할 뿐이었다. 두려움이 나를 횡설수설하게 했다. 사라, 그애는 언제나 그랬듯 거만하고 잘난 체하는 태도로 대답하면서 만족스러워했다. 그애는 단 한 번도 내게 시선을 주지 않았다. 그런 그애에게서 방학 전의 사라의 모습은 찾아볼 수 없었다. 나를 안심시켜주던 그애의 말, 내게 고정되어 있던 그애의 시선, 그 모든 것이 내가 갖지 못해 그토록 나를 고통스럽게 하던 내 존재의 정체성을 찾아주었는데. 그런데 이제는 아무 일도 일어나지 않았던 것처럼 느껴질 뿐이었다.

"저, 방학 잘 보냈니? 네 엽서 잘 받았어. 그거 받고 기뻤어. 우리 부모님도 아주 고마워하셨고. 나, 거기 방데에서 네가 남자아이를 만났다는 이야기 들었어. 그런데 엽서에는 그런 이야기를 쓰지 않았더라……"

"아, 그냥 같이 데이트한 것뿐이야. 그게 다야. 별로 특별한 일도 없었어."

"저, 너 내 편지 받았니? 프로방스에서 너한테 열 통쯤 편지를 보냈는데."

"으응, 몇 통 받았어. 아직 뜯어보진 않았어. 그땐 시간이 없었거든. 이해하지? 자, 이제 가봐야겠다. 친구랑 약속이 있거든. 시내 나가서 함께 식사하기로 했어."

나는 사라가 나에게서 떠나 우리 반의 다른 아이에게로 뛰어가는 것을 보았다. 그애는 작년에 사라가 싫어하며 흉을 보던 새

침하고 까다로운 아이였다. 그애들은 둘이서 큰 소리로 웃어댔다. 사라는 자신이 규칙을 정한 이 가학적인 게임에서 승자가 되었음을 선언했다. 사라의 멸시와 뻔뻔스러운 도전은 드러내놓고 가하는 모욕보다 더 굴욕적으로 느껴졌다.

나는 사라의 태도를 납득할 수 없었다. 하지만 이미 처음부터 그런 일을 예견하고 있었던 것 같기도 하다. 사라는 무슨 일을 하든 항상 뛰어나게 해내는 부류에 속해 있었다. 그애를 안 지도 벌써 일 년이 지났다. 나는 그것을 확인했다. 차이, 그 시절 차이라는 것은 그 자체로서 설명되는 것이 아니었다. 한 번의 여름 동안 그것이 만들어졌듯, 사라는 커가면서 자기가 남을 지배하기 위해 태어났다는 사실을 깨달았다. 나 같은 부류의 소녀를 위한 자리는 굴욕의 자리 말고는 없었다.

나와 사라는 서로 친구였던 적이 없는 것처럼 행동했다. 게임은 가을이 끝날 때까지 계속되었다. 우리는 교실에서 두 명의 이방인으로 마주치는 것에 만족했다. 그런 식으로 우리는 오랫동안 서로 저항했다.

나는 아무것도 하지 않고, 아무 데나 갔다. 아무런 흥미도 없이 아무하고나 어울려 불량한 아이들이 자주 가는 담배연기 가득한 카페 안에서 낮 시간을 보냈다. 나는 머리를 새카맣게 염색했고, 어두운 색깔의 옷만 입었다. 나는 괴상한 몰골을 하고 다

넀다. 그리고 줄담배를 피웠다. 사람들에게 둘러싸여 있어도 나는 혼자였다. 사라가 없으면, 다른 사람들은 존재하지 않았다. 사라의 부재는 나를 파멸시키고, 나를 고문하고, 나를 으스러뜨렸다.

그랬다. 사라가 없으면 나는 아무것도 아니었다.

나는 교실에서, 학교 운동장에서, 교문 앞에서, 학생식당에서, 친구들과 함께 웃고 이야기하고 내 시선을 무시하는 그애를 관찰했다. 그애는 더욱더 빛났다. 나는 이제 내가 무슨 행동을 하는지조차 알 수 없었다. 어떤 변명거리든 만들어냈고, 외출하기 위해 부모님을 속였다. 그리고 비행 청소년들과 어울려 다녔다. 학교 성적은 곤두박질치기 시작했다. 그러나 나는 개의치 않았다. 사라, 사라만이 전부였다. 영광, 멋진 단짝친구, 친구들, 많은 친구들, 훌륭한 성적. 그애 주변에는 그 모든 것이 있었고 많은 사람들이 우글거렸다. 나 역시 그 사람들에 속했다. 그들이 그곳에 있고, 사라를 만질 수 있고, 내가 예전에 그랬듯 그애를 매혹할 수 있다는 것이 너무도 원망스러워 그들을 죽이고 싶은 기분이 들 정도였다. 사라의 삶은 참으로 대단했다. 그러나 나는 목적 없고 고통받는 사춘기 소녀일 뿐이었다. 사라는 빛 속에 살았다. 하지만 나는 그늘에서 죽어갈 뿐이었다.

예전처럼 그애를 오직 나 혼자서만 소유할 수만 있다면 내 목숨이라도 바쳤으리라. 그애의 부재는 내 일상을 지옥으로 만들었다. 단단한 덩어리가 다시 내 목구멍을 죄기 시작했다. 나는 지난겨울처럼 나 자신을 파괴하기 시작하면서, 사라가 나를 구하러 다시 올 거라고 스스로에게 되뇌었다. 우리의 우정은 우리가 서로 무관심했던 적이 결코 없었던 것처럼 다시 생겨날 것이었다. 그애 곁에서 보낸 낮과 밤의 추억들이 고통스럽게 나를 따라다녔기 때문이다. 나를 향한 사라의 도발은 나를 소진시켰다. 나는 매일 아침 어떻게 하면 계속 살아갈 용기를 가질 수 있을지 자문하면서, 세상의 무게를 온통 짊어진 듯한 중압감을 느끼면서 잠자리에서 일어났다. 이기는 것은 나의 목적이 아니었다. 오로지 그애를 가져야 했다. 내가 첫발짝을 뗄 수 없는 이상, 그애가 나에게 오게 해야 했다. 사라는 진실로 나에게 하나의 강박증이 되었다. 사라는 내 삶 속에서 필요불가결한 것, 내가 갈망하는 모든 지표, 과거, 내 모든 행복, 내 자유가 되어버렸다.

그애는 천천히 우세해져갔다. 그애가 아닌 것은 모두 신빙성이 없었다.

나는 더이상 아무 일도 할 수 없었다. 사라는 계속해서 이겼다. 노력과 희망으로 공허해진 나는 사라져야 했다.

그러던 어느 날, 나는 가출을 했다. 물론 마음의 안정을 찾고 부모님이 어느 정도 두려움을 느낄 만큼 시간이 지나면 집으로 돌아갈 생각이었다. 기억이 난다. 10월경이었고 날씨가 추웠다. 어둠이 내렸다. 나는 혼자서, 지평선을 향해, 어디로 가는지도 모르는 채 길을 따라 걸었다. 내 방에서 수북이 쌓인 담뱃갑과 대마초를 발견한 부모님과 처음으로 심한 말다툼을 벌인 다음이었다. 나는 있는 힘을 다해 내 방 벽을 치며 울부짖었다. 나는 나의 고통을 소리 높여 외쳤다. 내 격분을 큰 소리로 토해냈다. 나는 내 마음속에 지니고 있는 모든 것을, 내 과거를 끄집어내 보였다. 나는 부모님의 부재와 나에 대한 그들의 무관심을 비난했다. 나 자신을 제어하지 못하고 부모님에게 작년에 일어난 사고는 그걸로 끝난 게 아니라고, 모든 것이 그들의 잘못이라고 소리쳤다. 부모님은 무표정한 얼굴로 나를 바라보았다. 그들은 내가 한 이야기에 대해 한마디도 대꾸하지 않았다.

나는 미심쩍은 눈빛을 하고 있는 부모님 앞에서 가방을 쌌다. 그리고 그들이 내 방에서 나가고 방문을 소리나게 닫기를 기다렸다가 창문을 통해 도망쳤다. 추웠다. 몸을 덥히기 위해 나는 담뱃갑에 남아 있는 마지막 담배 한 개비를 피웠다. 나는 울지도 않고 조용히, 하지만 몸을 떨면서 지평선을 따라 앞으로 나아갔다. 어둠 속에서 하얗고 노란 자동차의 불빛들이 빛을 발했다가는 다시 사그라들었다. 나는 계속해서 앞으로 나아갔다. 무섭지 않았다.

자동차 한 대가 차도 위에 멈추어 섰다. 나는 그 차가 나를 태우고 어디로든 갈 수 있으리라 생각했다. 나는 생각해보지도 않고 그 차에 올라탔다. 그리고 가방을 내려놓고 자리를 잡고 앉았다. 안전벨트를 매자, 차는 출발했다. 도망가기엔 이미 너무 늦었다. 나는 고개를 들었다. 운전석에는 사라의 엄마가 앉아 있었고, 뒷좌석에는 사라가 있었다.

한탄스럽게도 또 한 번 진 것이다.

나는 울기 시작했다.

나는 한마디도 하지 않았고, 그들 역시 마찬가지였다. 나는 가만히 앉아 기다렸다. 우리가 탄 작은 검은색 자동차가 건물 현관 앞에 멈추었다. 엄마가 숄로 몸을 감싼 채 입구에 꼼짝 않고 서서 기다리고 있었다. 나는 덫에 걸린 것이었다. 나는 고개를 숙인 채 앞으로 나아갔다. 창피했다. 나는 엄마 앞에 멈추어 섰다. 엄마가 내 뺨을 때리지 않으리라는 것은 알고 있었다. 나는 아버지가 임무를 다하기 위해 돌아오기를 기다렸다. 엄마는 아무 말도 하지 않았다. 나는 내게 쏟아지는 엄마의 시선에 저항하지 못하고 엄마 앞에 가만히 서 있을 뿐이었다. 사라와 사라 엄마는 아무 말도 하지 않고 이 장면에 동참했다. 그들의 침묵은 나에게는 그 무엇보다도 끔찍한 것이었다. 언젠가 사라가 자신이 내게 가한 모욕을 마음속으로 즐기며 이렇게 말하는 것을 본 적이 있다. "자, 됐어. 너는 이제 승리자야." 그때의 장면이 머릿속에 떠올랐다.

아무 말 없이 서 있던 내가 엄마가 결국 아무 말도 하지 않으리라는 것을 이해했을 때, 엄마는 내 쪽에서 먼저 어떤 제스처를 취하기를 기다리고 있었다. 나는 내적으로 탕진된 상태였고, 그 침묵의 무게를 더는 견딜 수 없었다. 나는 집 안으로 달려들어가 틀어박히려는 생각에 곧장 내 방으로 올라갔다. 하지만 내 방 문은 이미 안에서 잠글 수 없게 조치되어 있었다. 할 수 없이 그냥 문을 닫고 침대에 몸을 던졌다. 나는 울지 않았다. 나는 사라가 제일 먼저 와주기를 고대했다. 방문이 열리고 그애의 얼굴이 나타나는 순간을 애타게 기다렸다. 그러면서도 마음 한구석으로는 아버지의 회초리나 엄마의 울부짖음보다 사라를 대면할 그 순간이 훨씬 더 두려웠다.

나는 사라가 오는 소리를 조용히 들었다. 그애가 내 옆 침대 한쪽에 앉아 눈을 감고 내 두 손에 얼굴을 묻는 것을 느꼈다. 몇 분 동안 우리는 아무 말도 하지 않았다. 아니 오히려 사라가 아무 말도 하지 않았다고 하는 편이 옳을 것이다. 그애는 내가 말하지 않으리라는 것을, 나는 그럴 수 없다는 것을, 자기가 먼저 시작해야 한다는 것을 알고 있었다. 돌연 그애의 목소리가 침묵을 깨뜨렸다. 그애가 한 말이 무엇이었는지 정확하게 기억나지는 않지만, 분명히 비난하는 말이었을 것이다. 눈물이 나를 숨막히게 했다. 그애가 반복해서 내게 말했다. "내가 너에게 말할 땐 나를 바라봐!"

사라는 내가 그럴 수 없다는 것을 이해하지 못했다. 나는 그애의 시선을 마주할 수 없었다. 그러기에 나는 너무 용기가 없었다. 나는 공포와 수치심으로 마비된 채 아무 말도 하지 못하고 그애가 하는 말을 그저 듣기만 했다.

"샤를렌, 네 꼴이 어떻게 되었는지 좀 봐! 너는 평판 나쁜 아이들과 어울려 다니면서 시간을 낭비하고 있어. 게다가 마약까지 하고 있어…… 대체 무슨 일이야? 너는 너 자신을 파괴하면서 기쁨을 느끼고 있어. 그렇지 않니? 너는 다른 사람들이 너의 잘못 때문에 고통받는 게 좋으니? 대체 무슨 일이지 알 수가 없다, 샤를리. 개학한 후에 너는 나에게 바보 같은 말을 했어. 더 이전부터 그랬지. 심지어 너는 지난 여름방학 동안 나에게 전화도 하지 않고 내 소식도 들으려고 하지 않았어. 개학날엔 마치 내가 존재하지 않는 것처럼 행동했지. 나는 네가 최소한 그보다는 더 괜찮은 아이라고 믿었어. 너는 나를 무척 실망시켰어. 내가 한 일은 모두 널 위한 것뿐이었는데 말이야! 네가 자살이라는 것을 기도했을 때, 널 보러 병원에 간 사람이 누구지? 네가 나쁜 길에서 빠져나오도록 돕기 위해 옆에 있어준 사람이 누구지? 바로 나야. 너의 가장 좋은 친구. 그리고 지금 우리는 여기 함께 있어! 나는 네가 이해한 줄 알았어. 하지만 너는 사실은 그 반대였다는 걸 증명해줬어. 너는 개학날부터 나를 피했어. 문제를 만든 건 너고, 너를 다시 한번 구해내야 하는 건 바로 나야. 내가 어떻게 해야 하니, 샤를렌? 말해봐."

그애가 하는 말 한마디 한마디, 그애 목소리의 억양 하나하나, 떨림 하나하나가 내 가슴 속을 울렸다. 그애의 존재 전체가 나를 파고들었다. 나는 전율했다. 목구멍이 죄어들고 숨이 막혀왔다. 그것은 고통의 맛이었다. 내가 사라를 실망시켰으므로, 사라가 나를 원망했으므로, 사라가 나를 경멸했으므로 나는 더이상 그애에게 합당한 아이가 아니었다. 나는 낙담했다.

이번엔 내가 그애에게 설명했어야 하리라. 내가 얼마나 아픈지 그애에게 말하고, 그건 또한 그애의 잘못이기도 하다고, 냉정하게도 너는 내가 쓰러지도록 내버려두었다고, 무엇인가 나를 옴짝달싹 못 하게 막아버렸다고. 하지만 말들은 꽉 막혀버린 내 목구멍 속에 고정된 채 남아 있었다. 그리고 그것이 나를 아프게 했다. 그 순간엔 내가 저지른 잘못 외에는 그 어떤 것도 중요하지 않았다. 나는 사람들에게 피해를 주었다. 나는 속죄했다. 나는 나를 증오했다. 가장 나쁜 것은 수치심이었다. 하지만 소용이 없었다. 사라는 내가 선택하도록 내버려두지 않았다. 나는 나를 짓누르는 듯한 그애의 권위 앞에서 나 자신을 방어할 수 없었다. 그애가 말한 것은 진실일 수밖에 없었다. 나는 아무런 가치도 없었다. 내가 내 힘으로 할 수 있는 것은 용서해달라고 사라에게 애원하는 것, 사라에게 네가 다시 예전처럼 나의 가장 좋은 친구가 되어주기를 바라고 있다고 말하는 것이었다. 나는 약속했다. 다시는, 다시는 그런 짓을 하지 않겠다고 맹세했다. 나는 내 탈선이, 내 나쁜 친구들이, 미친 말괄량이 같은 내 정신착란이 잘못된 것이었음을 고백했다. 나는 사라에게 마지막으로 한 번만 더 기회를 달라고 간절히 애원했다. 사라의 우정을 다시 얻을 수만 있다면 내 목숨이라도 바쳤으리라. 그애가 나에게 내가 소중한 존재라는 느낌을 주도록, 다시 한 번 누군가 되는 권리를 가질 수 있도록.

사라는 나에게 기회를 주었다. 사라는 다 잊고 용서했다.

그리고 그 순간부터 사라는 내 삶을 자기의 손안에 움켜쥐었다.

그 일 이후, 예전과 같은 일은 아무것도 없었다.

모든 것이 나를 피해갔다. 삶은 마치 모래알처럼 내 손가락 사이를 빠져나갔다. 나는 목표도 없이, 기준도 없이 공허 속을 나아갔다. 나는 오로지 하나의 목소리, 사라의 목소리에 안내를 받도록 나 자신을 내맡겼다. 또다시 사라를 잃을지도 모른다는 불안, 또다시 사라에게 합당치 못한 사람이 될지도 모른다는 불안이 내가 오직 한 가지 일—사라에게 속하는 것—에만 집착하도록 나를 괴롭혔다. 몸과 마음, 내 생명을 이루고 있는 모든 것은 오직 사라의 소유였다.

내가 자신의 마음에 드는 존재가 되게 하기 위해 사라는 엄청난 계획을 세웠다. 그애는 나를 무시했다. 나는 그애의 시선, 그애의 미소, 한때는 나를 너무도 안심시켜주었던 그애의 칭찬을 들을 수 없음을 끊임없이 감내하도록 강요받았다. 그애는 나를 냉혹하게 대했다. 하지만 그것은 내가 당연히 받아야 할 형벌일 뿐이었다. 형벌을 거부한다는 것은 생각할 수도 없는 일이었다. 그런 식으로라도 그애의 가장 좋은 친구로 인정받는 기회를 갖게 되지 않았는가? 나는 그런 식으로 존재하는 수밖에, 모든 것을 받아들이는 수밖에 없었다.

우리의 우정에는 이제 아무것도 남아 있지 않았다. 덧없는 행복의 순간도, 미친 듯한 웃음도, 작년과 같은 금지된 게임도. 사라는 성숙해갔다. 나보다 훨씬 더 빠르게. 나는 내 꿈속에 갇힌, 금지된 반항 속에 갇힌 어린아이일 뿐이었다. 그래도 나는 살기 시작했다고 조금씩 느낄 수 있었다. 사라는 나에게 어른이 되라고 요구했다. 나는 어찌할 바를 모르고 길을 잃은 채, 사라의 기준까지 나를 끌어올리지 못한 나 자신을 바라보았고, 그애 앞에서 한없이 초라해진 나 자신을 발견했다.

물론, 사라의 새 친구들이 진심으로 나를 자기들 그룹 속에 받아들여주지는 않았다. 하지만 어쨌든 사라는 내게 신경을 써주었다. 나는 사라가 가는 곳을 여기저기 따라다녔다. 하지만 그런 노력은 모두 헛된 것이었다. 왜냐하면 사라는 늘 나를 무시하는 데서 기쁨을 느꼈기 때문이다. 사라는 숨가쁘게 살았다. 어른들의 놀이를 즐겼고, 자기보다 훨씬 나이 많은 남자들의 팔에 몸을 맡겼고, 누구의 고민이든 들어주었다. 나는 사라를 쫓아갈 힘이 없었다. 그저 그애에게 도달하려고 노력할 뿐이었다. 나는 과거에 사로잡힌 채, 아무것도 달라진 것은 없다고 스스로 되뇌며 그애를 되찾길 꿈꾸었다. 나는 맹목적이었고, 집요했다.

나는 기다렸다. 바보처럼 뭔가를 기대했다. 하지만 사라는 나를 두렵게 했다. 그애의 얼굴은 거만하고 경멸하는 듯한 표정을 띠었다. 그애는 담배를 피웠고, 나는 어른처럼 보이려고 그애를 따라했다. 사라는 남자아이들과 가깝게 지냈다. 나도 그 아이들에게 관심을 보였다. 하지만 사실 나는 그애들보다 그애들의 팔 안에 있는 사라를 보는 데에 온 신경이 쏠려 있었다. 나는 내 삶을 사는 게 아니었다. 그 무엇도 나를 이성적으로 만들지 못했다.

사라는 나의 강박증이 되었고, 그 존재감은 시간이 흐를수록 더욱 커져갔다. 마치 전염병이나 암처럼. 사람들은 사라가 우리에게 나쁜 영향을 끼칠 때에만 그애가 우리 사이에 있다는 것을 알 수 있었다. 하지만 사라는 언제나 거기에 있었다. 깊이 뿌리를 박은 채.

내 안 깊은 곳에는 어떤 목소리가 존재했다. 나를 들볶고 내게 잔소리하는 목소리가. 그리고 사라는 매순간 자신의 존재를 나에게 환기시켰다. 나는 그애로부터 도망칠 수 없게 되었다.

—그애를 봐, 샤를렌. 그애가 얼마나 너를 무시하는지. 아주 교묘하게 널 무시해. 그애는 네가 볼 수 없게 만들고, 너를 고문해. 그애는 너를 부숴뜨려. 그애는 너를 죽여. 그애는 마치 네가 자기 눈에 보이지 않는 것처럼 행동해. 너를 대하는 그애의 행동은 모두 사전에 계획된 거야. 그애는 네가 자기를 바라본다는 걸 알아. 너를 다분히 의식하고 있다구. 네가 자기에게 뭔가 바라게 만들기 위해 너희끼리만 있게 되는 순간을 기다려. 그런 다음엔 네가 자기를 비난하게 만들기 위해 다른 아이들이 함께 있는 순간을 포착할 거라구. 하지만 명심해. 다른 사람이 없으면 그애는 아무것도 아니라는 걸. 특히 네가 없으면 그앤 아무것도 아니라

는 걸.

"무슨 이야기를 하는 거야? 나는 사라에게서 아무것도 바라지 않아. 사라는 나의 가장 좋은 친구야. 나는 그애가 무슨 짓을 해도 비난하지 않아. 네 말은 틀렸어. 그애는 나를 소중하게 여기고 있어."

─넌 속고 있는 거야. 사라를 유심히 관찰해봐. 그애가 즐기는 그 작은 유희를 이해하기 위해서 말야. 그애는 너에게 숨기고 있는 게 많아. 나를 안심시켜줘. 내게 진실을 말해줘. 그애의 뒤를 밟아. 그애를 살펴. 그애에게서 눈을 떼지 마. 그애가 하는 일 중 어떤 것도 너의 시야를 벗어나선 안 돼. 부탁이야.

"그만둬! 조용히 해. 너는 미쳤어. 입 닥쳐. 나를 그냥 내버려 둬!"

그해 여름, 나는 부모님이 카마르그에서 여름 휴가를 보내기로 결정하기까지 몇 주 동안 소란을 피워댔다. 그리고 어느 날 저녁, 나는 우리가 함께 휴가를 보낼 수 있게 되었다는 것을 사라에게 알리기 위해 초조한 마음으로 전화를 걸었다. 그 소식을 들으면 사라는 틀림없이 기뻐할 터였다. 언제던가, 우리가 우정을 쌓아나가기 시작할 때, 그 잊혀진 시절, 우리 둘이서 사라네 집 거실에 앉아 토론을 하고 있을 때, 사라가 서랍장에서 수년이 지난 낡은 우편엽서 한 장을 꺼냈던 것이 기억난다. 엽서 앞면에는 황혼녘의 소박한 논 풍경이 찍혀 있었다. 사라가 다섯 살 때, 그러니까 조부모님과 함께 살 때 엄마가 보내준 엽서라고 했다. 그것이 그애 엄마가 처음으로 그애에게 전한 소식이었다. 사라 엄마는 언젠가는 사라를 데리고 가겠다고 말했고, 사라는 그렇게 될 날만을 꿈꾸었다. 이후 그 엽서는 결코 그애 손에서 떠나지 않았다. 그러나 그애 엄마는 약속을 지키지 않았다. 대신 내가 그 일을 했다. 나는 사라에게 충족되지 못한 어린 시절의 꿈을 선사한 것이었다.

우리가 휴가를 보낼 곳은 아를에서 몇 킬로미터 떨어진 곳, 카마르그 늪지가 시작되는 곳에 있었다. 늪지는 수 헥타르에 걸쳐 펼쳐져 있었다. 아주 넓었다. 파스텔빛 벽에 빨간 기와 지붕을 얹은 작은 방갈로 열 개가 잘 정돈된 정원을 가운데 두고 오밀조밀 늘어서 있었다. 지평선에 보이는 논에는 초록빛 모들이 빽빽하게 자라고 있었다. 우리는 침대 두 개가 겨우 놓여 있는 숨막힐 듯한 조그만 방에 자리를 잡았다. 그 방에서 사라와 나는 바람의 입맞춤을 받고 있는 주변지역의 범위를 가늠해볼 수 있었다. 우리는 높다랗게 매달린 간이침대 위에 나란히 드러누워 작은 창문을 통해 불타는 듯한 황혼을 경탄하며 바라보곤 했다. 황혼은 형태가 분명치 않은 흐릿한 선 위에서 기울어갔다.

카마르그의 하늘은 세상에서 단 하나뿐인 빛깔을 갖고 있었다. 그것은 표면이 산화된 혹은 광택이 나는 강철의 색깔, 부드러운 금속성을 띤 흰색이었다. 때때로 사람들은 그것을 가리켜 두 개의 베일이 서로 끝없이 포개져 있다고 말하기도 했다. 모기장 같은 그 두꺼운 차일 뒤에는 시간이 변함에 따라 하얗게 혹은 불그스름하게 변하는 태양이 움직이지 않고 떠 있었다. 나는 사라의 시선이 그 하늘 한가운데에 푹 빠져 있는 것을 자주 보았다. 타는 듯한 그 둘의 색깔은 서로 닮아 있었다. 만약 다른 사람들이 그 모습을 보았다면 둘이 마치 두 개의 거울 같아서 누가 누군지 혼동된다고 말했으리라. 사라와 카마르그의 하늘, 그 둘은 자신들 속에 동일한 침묵을, 붙잡을 수 없는 동일한 공허함을 감추고 있었다.

짓누르는 듯한 열기 아래 여러 날들이 지나갔다. 모기는 쉬지 않고 우리를 공격했고 태양은 우리의 피부를 그을렸다. 하루하루가 숨가빴다. 날이 저물면 후텁지근하고 숨막히는 듯한 기이한 고요 속에 어둠이 내렸다. 우리는 테라스에서 귀뚜라미의 마지막 울음소리를 들었다. 뒤이어 짧으면서도 멀리 울려 퍼지는 개구리들의 첫 울음소리가 솟아올랐다. 무더운 나날들은 우리를 지치게 하면서, 고통스럽게, 길게 흘러갔다.

열기에 갇혀버린 우리는 더위를 식히며 환기장치 옆의 침대 위에 길게 누워 있곤 했다. 사라는 여러 가지 이야기를 했다. 그애는 단호한 어조로 자신의 고통과 갈망, 그리고 벌써 구체적인 모습을 띠고 있는 미래에 대해 말했다. 나는 그애의 이야기에 푹 빠져들었다. 그애의 확고한 태도가 나를 매혹했다. 나는 그애에게 뭐라고 대꾸해야 할지 몰랐다. 침묵을 지키며 가만히 있기는 싫었다. 이번엔 사라가 내 이야기를 들어주고 대꾸해주기를 원했다. 하지만 그럴 수 없었다.

물론 나도 가끔은 사라에게 내 이야기를 했다. 하지만 내겐 대단한 이야깃거리가 별로 없었다. 그리고 사라는 이미 나에 대한 모든 것을 알고 있었다. 나의 일상생활, 그애가 좋아하는 내 가족들, 그애의 친구이기도 한 나의 몇몇 '친구들', 나의 비밀, 나의 꿈에 대해 모조리 알고 있었다. 나는 사라가 이미 알고 있는 것에 대해서는 아무 말도 할 수가 없었다. 사라가 이의를 제기하거나 비난할까 두려워 오래 전부터 가끔 머릿속에 떠오르곤 하는 사회에 대한 이런저런 의견을 그애에게 말하는 것조차 포기한 상태였다. 나는 내가 쓸모없고 무미건조하다고 느꼈다. 만약 사라를 이 년쯤 더 빨리 만났다면, 그애는 나에게서 인격까지 앗아갔으리라. 어쨌든 그때는 정말로 나 자신을 설명할 수 없었다. 때때로 무서운 생각 하나가 내 머릿속을 지배했다. 하지만 나는 그 생각을 용인할 수 없었다. 나에게 사라는 친구였다. 하지만 사라에게 나는 친구가 아니었다.

사라는 내 부모님을, 내 남동생을 감동시키기 시작했다. 엄마는 나를 위해 그토록 애써준 사라가 고마워서 그애를 친딸처럼 대했다. 아버지는 자신의 딸에게서는 결코 볼 수 없었던 성숙함을 보이는 사라에게 마음을 빼앗겼다. 남동생 바스티앵은 사라가 아주 멋지다고 했다. 식사 시간에 다함께 테라스의 파라솔 밑 커다란 그늘에 모여 앉아 있노라면, 사라의 목소리가 대화를 주도했다. 그애는 억양이 섞인 다채로운 어조로, 마치 어른 같은 솜씨로 이야기를 이끌었다. 정치나 사회에 대한 얘기를 하다보면 사라와 우리 부모님의 의견이 일치하지 않는 경우가 있었다. 그럴 때 사라는 우리 부모님이 받아들일 때까지 자기 의견을 고집했다. 결국 우리 부모님이 양보했다. 사라는 믿을 수 없을 정도로 재치 있게 말을 받아쳤다. 열다섯 살 먹은 소녀치고는 분명 지나치게 조숙했다. 우리 부모님은 매번 사라가 하는 이야기를 처음에는 놀라움으로, 그 다음엔 경탄하며 받아들였다. 부모님은 사라를 아주 좋아하게 되었고, 그애를 거의 우리 가족의 구성원처럼 대하기에 이르렀다. 그리고 나, 나는 사라를 나 자신보다도 훨씬 더 좋아했다.

어느 날 저녁, 사라와 내가 이야기를 나누고 있었다. 마침내 그애가 말했다. 그애는 우리 부모님이 나를 잘못 키웠다고 비판했다.

"내가 너에게 솔직하길 원하니, 샤를렌? 너는 스스로 행동할 줄도, 스스로를 책임질 줄도 몰라. 너는 네가 매달릴, 정신적으로 의존할 누군가를 끊임없이 필요로 해. 너도 알겠지만, 내가 네 입장에 서서 네 문제를 결정해주기 위해 언제까지나 네 곁에 있어줄 수는 없을 거야. 나도 나만의 생활이 있어. 좀 깨어나봐. 완전한 한 사람으로 서봐! 난 할 만큼 했어. 인격을 갖추지 못한 여자애를 옆에서 도와주는 일을 말야."

"네 말이 맞아. 미안해."

"미안하다, 미안하다…… 너는 그 말밖엔 할 줄 모르지. 너에겐 미래가 없어. 언제나 다른 사람들이 너를 짓밟도록 가만히 있지. 가여운 샤를렌, 네가 좀더 성숙해지기 위해 어떻게 하지 않는다면, 너는 너와 함께 있을 땐 어떻게 행동하면 되는지 알고 있는 간교한 사람에게 좌지우지되어 평생 그 사람의 노예로 살다 죽을 거야. 그렇게 되면 넌 바보로 인생을 끝마치게 될 거라구!"

그애의 말을 듣지 말았어야 했다. 그러나 그애의 말에 반론을 제기한다는 것이 내게는 너무 힘들었다. 나는 내가 누구인지 더이상 알지 못했다. 그랬기 때문에, 나는 사라가 말하는 대로 내 부모님이 나를 버릇없게 키웠으며, 부모님이 나를 좀더 엄하게 키웠다면 내가 지금보다 더 성숙했을 거라는 사실을 인정하지 않을 수 없었다. 사라는 언제나 옳았다. 나는 부모님을 미워하기 시작했다. 그들이 나를 이렇게 이상한 아이로 만들어놓았고, 사라가 그런 나를 싫어했기 때문이었다.

나는 말 타는 것을 병적으로 두려워하면서도 사라를 따라 우리가 휴가를 보내는 곳 근처에 있는 승마센터에 갔다. 우리는 늪 주변을 도는 2회의 훈련과정에 등록했다.

사라는 거기서 남자친구를 사귀었다. 그는 승마 코치들 중 한 명이었다. 나이는 열아홉 살, 이름은 마티외였으며, 아버지는 들소지기였다. 학비를 벌기 위해 여름방학 동안 그곳에서 일하고 있다고 했다. 그는 놀라울 만큼 말을 잘 탔다. 나는 그들 둘이 내 앞에서 이야기를 나누며 나란히 말을 타는 것을 지켜보았다. 마티외는 멋진 청년이었다. 나는 햇볕에 그을린 그의 피부를, 황혼의 역광을 받은 그의 몸이 그려내는 실루엣을, 빛을 받아 마치 소금을 뿌려놓은 듯 반짝이는 그의 눈을 비밀스럽게—사라의 의혹을 불러일으키지 않기 위해—바라보았다. 그가 나를 쳐다볼 때면 창피하기까지 했다. 그는 그 고장 사람들이 대개 그러듯 노래하듯이 이야기했고, 사라는 그걸 좋아했다. 어느 날 저녁 마티외가 맥주나 한잔 하자고 우리를 수영장에 있는 뱅 드 미뉘로 데리고 갔다. 그러니까 사라와 나를 클럽의 바(bar)로 초대한 것이었다. 마티외가 사라의 귀에 대고 뭐라고 소근거리자 사라가 웃었다. 마티외가 사라를 끌어안았을 때 나는 마티외의 얼굴을 향하는 사라의 눈을 부러운 마음으로 바라보았다. 어둠이 내렸다. 함께 연못가를 우회해 숙소로 돌아가면서 사라는 지치지도 않고 마티외에 대해 이야기했다. 나는 사라의 이야기를 잠자코 듣기만 했다. 그리고 사라가 듣고 싶어할 만한 말을 해주려고 노력했다. 사라와 마티외 사이에 있을 땐 그들이 얘기하는 걸 들으며 걷기만 할 수밖에 없었으니까. 나는 그들 두 사람만의 행복을 받아들여야 한다는 사실이 매번 몹시도 괴로웠다.

그리고 사라는 다시 한 번 나를 잊었다.

밤이 되면 사라는 부모님이 모르게 우리 방 창문을 통해 혼자 밖으로 빠져나갔다가 밤이 지나서야 돌아왔다. 나는 사라가 돌아와서 마티외와의 사이가 끝장났다고 말해주기를 바랐다. 하지만 사라는 매일 밤 같은 행동을 되풀이할 뿐이었다. 나는 사라가 돌아오기 전까지 잠을 이룰 수 없었지만 기다리지 않고 잠든 척하면서 눈을 감고 있었다. 사라가 침대 안으로 미끄러져 들어올 때, 나는 침대 시트가 사각거리는 소리와 밤의 적막 가운데 희미한 그애의 숨소리를 들었다. 마음속 깊은 곳에서 스스로 인정하지는 않았지만, 나는 그애를 증오했다.

마티외는 급기야 나를 빼고 사라만 밖으로 불러냈다. 사라는 자기들에게 내가 필요 없다는 것을 애써 내게 이해시켰다. 나는 그들을 내버려두었고, 증오로 가득 찬 채 멀리서 지켜보는 것에 만족해야 했다.

나는 혼자였다. 하지만 사라는 아랑곳하지 않았다. 나는 달리 어쩔 도리가 없었다. 마침내 나는 하루하루의 공허함을 채울 수 있는 아주 재미있는 일을 하나 발견했다. 그것은 사라를 염탐하는 것이었다. 나는 아침부터 밤까지 그애 뒤를 밟았다. 나는 그애와 같은 삶을 살았다. 그애의 사소한 행동, 그애가 하는 말, 그애가 하는 일을 모조리 지켜보았다. 언뜻 볼 때는 내 염탐이 사라를 특별히 방해하는 것 같지는 않았다. 오히려 그 반대였다. 우리 사이에는 무언의 합의가 성립되었다. 나는 사라가 새 친구와 함께 지내도록 내버려둔다. 대신 사라는 자기 주변을 떠도는 내 존재를 묵인한다.

나는 해가 뜨자마자 잠자리에서 일어났고, 사라가 잠을 깨지 않도록 가능한 한 조심스럽게 방에서 나갔다. 그리고 테라스에 있는 부모님에게 갔고, 죽음과도 같은 침묵 속에서 아침식사를 했다. 나는 사라가 일어나는 순간이, 그애의 그림자가 갈색 모기장 뒤에 나타나는 것이 두려웠다. 그러나 사라는 언제나 즐거운 표정으로 나타나서는 우리의 뺨에 가볍게 키스를 하고 자기 자리에 앉았다. 부모님이 자리를 뜨고 우리 둘만 남게 되면, 사라는 다시 침묵 속으로 빠져들었다. 사라는 내가 이야기를 해달라고 자기에게 애원하기를 기다렸다. 그리고 내가 그렇게 하면 무시하는 듯한 어조로 기다렸다는 듯이 아주 간단하게 이야기를 시작했다. 사라는 마티외의 방까지 가 어슴푸레한 빛 속에서 사랑을 나눈 밤들에 대한 이야기로 나를 낙심시키려는 듯했다. 그이야기를 들으면서 나는 내가 곧 사라라고 상상했다. 하지만 그런 상상은 금지된 것이었다. 그래서 그런 생각을 애써 억제했고, 관찰자로서의 역할에 만족해야만 했다.

카마르그에서의 여름도 끝이 났다. 우리는 새벽녘에 방갈로를 떠났다. 나는 부모님이 주차장에 세워놓은 차에 짐을 싣는 것을 도왔다. 멀리, 밝아오는 아침 햇살 속에서 서로 끌어안고 있는 사라와 마티외의 실루엣이 보였다. 그들은 작별인사를 하고 있었다. 이윽고 사라가 우리를 향해 느릿하게 걸어왔다. 사라는 한마디도 하지 않고 자동차에 올라탔다. 길을 따라 달리는 동안 사라는 차창 너머로 펼쳐지는 풍경에서 눈을 떼지 않았다. 나는 침묵 속에서 그애가 우는 소리를 들었다. 그 소리는 내 마음을 찢어놓았다. 하지만 무슨 말로 그애를 위로해야 할지 알 수 없었다. 사라는 자기를 위로하려는 내 모든 노력을 악의를 품은 행동으로 받아들일 것이기 때문이었다. 사라에게는 내가 필요 없었다.

하지만 이상하게도 나는 모든 것이 끝났다는 안도감을 느꼈다. 이제는 나 혼자서만 사라를 소유하게 되었으니까.

견뎌내다

10월 초, 우리는 돌아가신 외할아버지를 땅에 묻었다. 아름다운 가을날은 아니었다. 나는 그 흐릿하고 습기 찬 아침을, 목구멍 속에서 줄곧 내가 숨쉬는 것을 방해하던 그 고통스러운 덩어리를 지금도 기억한다.

나는 열려 있는 관 앞에 당도했다. 엄마가 며칠 동안 펑펑 눈물을 쏟아 엉망이 된 얼굴로 내 팔을 잡고는 보지 말라고 했다. 하지만 나는 보았다. 나는 앞으로 걸어나가, 현기증을 느낄 때까지 망자의 얼굴에 눈을 고정시켰다. 그리고 물러나왔다. 너무도 심오하고 추악한 느낌에 나는 장례식장의 벽에 대고 토했다. 내게는 울 용기가 없었다.

식사 시간, 나는 인간이 끔찍스러울 만큼 하찮다는 것을 생전

처음 알게 된 것처럼 그 자리에 모인 사람들을 한 사람 한 사람 자세히 살펴보았다. 그들은 나에게 혐오감을 불러일으켰다. 나는 그들의 어리석음을 동정했고, 그들의 태평함과 보잘것없는 삶 속에 그들을 가둬두고 있는 무능함을 경멸했다. 우리 가족은 비천한 이방인 패거리일 뿐이었다.

그럼에도 불구하고 부모님은 변하지 않았다. 나는 그들 곁에서 십오 년의 세월을 보낸 후에야 그들이 어디까지 우스꽝스러워질 수 있는지 알게 되었다. 두 사람 다 끔찍스럽게 늙어갔다. 엄마는 아무에게나 쓰러지고 보자는 것이 삶의 유일한 목적인 듯 언제나, 무슨 일에나 한탄하고 불평을 늘어놓았고, 수년간 악착같이 일한 덕분에 몸이 비대하게 부풀어오른 아버지는 금욕적이고 말없고 자학적인 태도로 주변의 모든 것을 파괴해버렸다. 친가 쪽 조부모님들은 외부의 사소한 위험으로부터 스스로를 보호하려는 듯한 태도로 침울하게 죽음을 기다렸다. 죽음이 곧 자신들 차례가 될 거라는 불안감을 느끼며, 자신들만의 작은 세계 속에 격리된 채 머물러 있었다.

그들은 두려워했다. 그들은 바랐다. 그들의 좁은 삶의 범위는 자신들의 작은 안녕과 이기주의의 한계를 뛰어넘지 못했다. 그들은 다른 것은 전부 무시했다. 그들은 다른 사람들의 생각에 이의를 제기하며 시간을 보냈다. 그러나 그들은 아무것도 알지 못했다. 그들은 누구일까? 내 자리는 어디일까? 그들은 삶의 하찮음에 대해 모호한 의견을 갖고 있었던 것은 아닐까? 그들은 자신들이 가까스로 보고 있는 나를, 그들이 그렇듯 삶의 포로인 나를 휩쓰는 증오와 혐오를 이해할 수 있을까?

식사 도중에 나는 자리를 떴다. 베란다 창문 옆에 담배 한 개비가 숨겨져 있었다. 당시 나는 막 담배를 다시 피우기 시작한 참이었다. 나는 담배를 조심스럽게 꺼내들고 차고로 갔다. 차가운 콘크리트 바닥에 앉아 자동차에 등을 기댔다. 기름 냄새 때문에 조금 불편했다. 나는 담배에 불을 붙였다. 담배연기는 너무 맵고, 너무 쓰고, 너무 숨이 막혔다. 나는 차고 바닥에 토한 후 담뱃불을 껐다. 그런 다음 창문을 통해 빠져나가는 빛에 불안해하며 그늘진 차고 한구석에 앉아 있었다. 이윽고 나는 차고를 나섰다. 아무도 내가 자리를 비웠던 것을 알아차리지 못했다.

나는 나를 우리 가족이나 이 세상과 다르게 만드는 것에 대해 생각하고 있었다. 내가 애착을 가질 대상은 오직 하나밖에 없었다. 바로 사라였다.

그때부터 나는 사라에게 내 모든 것을 주기로 결심했다. 나는 사라와의 관계에 더욱 정신을 집중해야 했다. 나는 내 가족보다도, 나 자신보다도, 삶 자체보다도 사라를 더 사랑했다. 나는 사랑이 왜 그렇게 멀리 있는지 알 수 없었다. 사랑은 선(善)으로 만들어지는 것이 아니었다. 지나치게 사랑하는 것, 증오에 이르기까지 사랑하는 것, 그것은 자신의 명예를 희생하는 것이고, 자신의 자유를 포기하는 것이고, 불가피하게 악(惡)을 행하는 것이다. 내가 사라에게 준 사랑, 그것은 비뚤어지고 고통스럽고 격렬한 열정이었다. 광기가 나를 갉아먹었다. 내가 존재하는 유일한 이유, 그것은 그 아이, 바로 사라였다.

매일 아침, 나는 요란스럽게 울려대는 자명종 소리에 거의 미칠 지경이 되어 눈을 뜬 후, 무거운 몸을 일으켜 차가운 물로 세수를 했다. 그리고 내 방의 커다란 거울 앞에 벌거벗고 서서 부드러운 빛 속에 나를 비춰보았다. 나는 매일 같은 말을, 암기할 수 있을 때까지 반복해서 읊조렸다. 몇 번이고 반복해서 그렇게 했다. 눈을 뜨는 순간부터 교문을 향해 고개를 숙이고 걸어갈 때까지, 그리고 밤에 침대에 누워서도. 나의 밤들은 잠을 잃어버렸다. 머릿속에는 다음과 같은 말들이 끊임없이 울려대 뇌가 부글부글 끓어오르는 것 같았다.

"네가 입 밖으로 내뱉는 단어 하나하나, 네가 취하는 동작 하나하나, 네가 행동하는 방식 하나하나를 면밀히 검토하도록 해. 그것들을 분석하고, 그것들을 이해하고, 그것들에 대해 숙고해야 해. 잊지 마. 네가 사라 앞에서 하는 일은 무엇이든 다 중요해. 예기치 않은 변화라도 생기면 그애를 잃게 될지도 몰라."

나는 그늘 속에 살았다. 사라의 사랑을 얻겠다는 희망만이 나를 생존하게 할 뿐이었다. 나는 내 삶을 증오했다. 하지만 진실로 그러기에 나는 너무도 심한 강박증에 사로잡혀 있었다.

나는 사라를, 그애의 시선을, 그애의 비난을, 그애의 침묵을, 그애의 부재를 감내했다. 그애가 하는 행동 하나하나가 나에게는 고문이었다. 사라를 만족시키려면 아무 말도 하지 않고 가만히 견디면 되었다. 그애가 내 면전에 대고 하는 불쾌한 말들을 눈을 내리깔고 가만히 듣고만 있으면 그애의 우정을 다시 얻을 수 있었다. 나는 나를 길들이는 사람이, 나를 지배하고 내 존재를 인도하는 사람이 바로 그애이기를 원했다. 나는 완전히 무력한 존재가 되어버렸다. 나는 그애에게 모든 것을 양도할 준비가 되어 있었다. 만약 그애가 원한다면 죽을 수도 있을 만큼. 나는 영원히 그애의 노예가 되고 싶었다. 원하기만 했다면 사라는 나를 피가 날 정도로 때리고, 두들겨 패고, 죽일 수도 있었으리라.

"닥쳐, 샤를렌. 너의 애원과 어린애 같은 변덕에 신경질이 나. 그만 해, 샤를렌. 나는 네가 지겨워. 행동하지 마. 생각하지 마. 살지 마. 내 곁에 있는 것으로 만족하도록 해."

끔찍했다. 그러한 상황을 받아들이는 것, 그것은 나 자신이 패자임을 인정하는 것이나 마찬가지였다. 나의 유일한 탈출구는 침묵이었다. 어쨌거나 나는 사라에게 이의를 제기하거나 맞설 용기가 없었으니까. 다른 사람 같으면 틀림없이 대항하려 들었을 것이다. 하지만 나는 그러지 못했다. 그때까지 나를 삶에 붙들어 매둔 유일한 목적, 유일한 야망은 언젠가는 모든 것이 다시 예전처럼 되어 사라와 나누던 우정을 되찾게 될 거라는 것이었다. 나는 사라로부터 다시 인정받기 위해서는 굴종을 견뎌내야 한다고 생각했다. 그때 내 삶에는 오직 그것뿐이었다. 지배받는 것. 매일매일 감내하는 것.

내가 사라의 친구가 되는 것을 포기할 결심만 했다면, 나는 아주 멋지게 사라질 수 있었으리라. 나로 하여금 그애 곁에 머물러 있도록 강요하는 것은 겉으로 볼 때는 아무것도 없었다. 나는 충분히 자유롭게 내 삶을 살 수 있었다. 그러나 나는 정말로 그럴 생각을 하지 못했다. 그애 없는, 의지할 누군가 없는 내 삶을 상상할 수 없었다. 나는 진화하기를, 나를 가두고 있는 회오리바람으로부터 벗어나기를 거부했던 것이다. 뒤로 한 걸음 물러서기란 불가능했다. 나는 상황이 흘러가는 대로 그냥 내버려두었다. 나는 이미 죽은 것이나 다름없었다.

외할아버지의 장례식이 있고 얼마 되지 않은 어느 날, 내가 어디로 가는지도 모르는 채 고개를 숙이고 시내를 걷고 있을 때,

알지 못하는 손 하나가 어루만지듯 내 손목을 잡아 생각에 잠겨 있던 나를 깨어나게 했다. 고개를 들어보니 키가 아주 크고 마른, 내 나이 또래로 보이는 소녀였다. 그 아이는 활짝 미소를 지으며 나를 바라보았다. 나는 뭔가 반응을 보이기 전에 재빨리 그애의 모습을 훑어보았다. 그애는 몸에 비해 너무 큰 작업복을 입고 있었다. 바짓단이 그애 발 위에서 가볍게 펄럭였다. 창백하고 수척해 보이는 얼굴 언저리에는 똑바로 자른 금발이 드리워져 있었다. 그애의 눈이 반짝였다. 마치 얼굴에 눈밖에 없는 것 같았다.

내가 말없이 바라보고만 있자 그애가 먼저 말했다.

"너, 나를 알아보기 힘들 거야, 그렇지?"

천만에, 나는 그애가 누구인지 알 수 있었다. 나는 미소를 지으려고 애썼다. 어린 시절의 바네사를 되찾았다고 생각하면서 나는 두 팔로 그애를 껴안았다. 불행하게도, 잘못 건드리면 곧 무너져내릴 듯한 연약한 육체를 팔에 안고 있다는 느낌이 들었다.

우리는 카페에 들어갔다. 바네사는 내가 시켜준 파이를 먹는 둥 마는 둥 깔짝대기만 했다. 나는 그 모습을 바라보며 밀푀유*를 게걸스럽게 먹어치웠다.

---

* 커스터드 크림을 넣어 얇게 구운 파이.

우리는 두 시간 동안 이야기를 나누었다. 그러다 보니 바네사와 헤어진 적이 없는 것처럼 느껴졌다. 나는 바네사에게 어떻게 지내는지 이곳 파리에서 뭘 하고 있는지 물었다.

"사실 한 달 전부터 병원에 있어. 오늘은 외출 나온 거야."

바네사가 말했다. 그애는 커다란 눈을 내리깔면서 덧붙였다.

"거식증이야. 결국 너도 알게 되겠지만."

바네사는 나에게 자기 병에 대해 이야기했다. 현재 몸무게가 35킬로그램 나간다고 했다. 자신의 몸, 병원, 치료, 의사들과 투쟁하느라 지난 이 년간 지옥 같은 시간을 보냈으며, 죽음이 다가온 것도 몇 번이나 느꼈다고 했다.

"너도 그랬겠지만, 난 우리가 언젠가 다시 만나게 될 거라고 확신하고 있었어. 나, 네 생각 많이 했어. 병원에 있는 동안엔 더 많이."

말을 마친 바네사가 목에 걸고 있는 펜던트를 만지작거렸다. 그것은 내가 육 년 전에 그애에게 준 작은 발레리나 모양의 파란 펜던트였다.

바네사는 내 근황을 물었다. 나는 대답했다.

"별로 대단한 건 없어."

바네사는 내가 많이 변했다고, 나를 지금 같은 모습으로 상상해본 적은 없었다고, 내가 예전만큼 즐거워 보이지 않는다고 말했다. 그 말에 나는 울음을 터뜨렸다. 나는 바네사에게 모든 것을 이야기했다. 처음부터 모두 다. 내 고통, 내 안에 있는 지옥에 대해. 수년 동안 서로 헤어져 있었지만, 바네사가 내 말을 듣고는 내가 미쳤다고 생각하고 일어서서 나가버릴 위험도 있었지만, 나는 처음으로 모든 것을 털어놓았다. 바네사는 일어서서 나가지 않고 그대로 앉아 있었다. 내가 이야기를 마치자, 그애는 내 손 위에 자기 손을 가만히 올려놓았다. 바네사가 말했다.

"널 어떻게 도와야 할지 모르겠다. 방법만 안다면 그렇게 할 텐데 말이야. 스스로 미쳤다고 생각하는 게 어떤 건지 나는 알아. 강박증이 어떤 건지도. 나도 너처럼 그걸 겪었으니까. 다만, 어느 곳에 있건 내가 항상 너와 함께한다는 걸 알아줬으면 좋겠어. 잊지 마. 그 무엇도 우릴 갈라놓을 수 없을 거야, 샤를렌, 그 무엇도. 나에게 그렇게 약속한 게 바로 너잖니. 잊지 마."

이번엔 바네사가 나를 팔로 끌어안았다. 나는 나 자신이 연약한 존재라고 느꼈다……

바네사는 자기의 새 주소와 방 호수를 알려주었다. 그러나 나는 그후 바네사를 다시 만나지 못했다. 그럴 용기가 없었다. 그 가을날 오후 이후 나는 바네사의 흔적을 완전히 잃어버렸다. 그리고 어느 날 나는 교도소에서 그애가 보낸 편지 한 통을 받았다. 바네사는 자기가 퇴원했다고 말했다. 줄곧 꿈꿔오던 대학교

심리학부에도 들어갔다고 했다. 바네사는 살인에 대한 언급은 전혀 하지 않았다. 그저 편지 말미에 무슨 일이 일어나도 자기는 언제까지나 내 친구라고 적었을 뿐이었다. 편지 맨 끝에는 이렇게 서명되어 있었다. "너의 파란 천사가."

나는 강박증이 무엇인지 정의할 수 없다. 다만 사람은 누구나 자기 안에 지니고 있는 것이라고 생각한다. 그건 매우 하찮은 일로 발동이 걸린다. 강박증은 당신 안에서 소리없이 당신에게 참견하고, 천천히, 음흉하게 당신 존재의 모든 부분을 공격한다. 강박증은 교활하고 끔찍하게도 정면이 아닌 배후에서 공작을 벌인다. 강박증은 자기가 당신의 친구인 것처럼 행동한다. 하지만 그런 만큼 그것이 당신을 배신한다는 것을 잊지 말아라. 고통은 결과일 뿐이다. 미치는 사람은 자기가 왜 미쳤는지 설명하지 못한다. 왜냐하면 미치는 것은 아픈 것과는 다르기 때문이다. 가장 고통스러운 것은 추락이다. 그것을 실현하는 순간 말이다. 나 역시 그것이 다가오는 것을 보길 원치 않았다. 그리고 다음 순간, 마침내 나는 필연적으로 목적지에 다다랐던 것이다.

새해가 왔다. 사라의 엄마 마르틴이 친하게 지내는 몇몇 가족들과 함께 산장을 빌렸다며 이삼 일 동안 함께 그곳에서 지내자고 나를 초대했다. 68세대인 그 나이든 패거리들은 밤마다 모여 밤참을 먹으며 수다를 떠는 습관이 있었다. 나는 초대를 받아들였다. 그것이 내가 할 줄 아는 유일한 것이었으니까. 나는 내가 감내하게 될 것들이 무엇인지 너무도 잘 알고 있었다. 나는 사라, 그리고 사라의 엄마와 함께 산장을 향해 출발했다. 얼음장처럼 추운 밤, 우리는 검정색 자동차를 타고 고속도로로 떠났다. 나는 길 위에 펼쳐진 인공의 불빛들이 만들어내는 빛의 소용돌이 속에 아무렇게나 시선을 던진 채 김 서린 차창에 머리를 기댔다.

이윽고 자동차에 브레이크가 걸리고, 타이어가 산장 입구 자갈밭 위에서 끼익 하는 소리를 냈다. 눈으로 덮여 잊혀진 듯한 그곳은 낯선 침묵에 싸여 있었다. 사람들의 목소리, 웃음소리, 피아노 건반을 두드리는 소리, 방에 켜놓은 불빛만이 사막 한복판에서 반짝이는 구조신호처럼 산장 안으로부터 새어나오고 있었다. 우리는 산장으로 들어갔다. 나는 사라 뒤를 따라갔다. 그 애가 나에게 들고 오라고 시킨 짐가방들을 손에 든 채.

산장 안은 완전히 축제 분위기였다. 모인 사람들은 서로 잘 알고 있는 듯했다. 사람들이 우리 쪽으로 다가오더니 사라를 껴안았다. 언제나 그렇듯 모든 시선이 사라에게 집중되었다. 나는 그

옆에 가만히 서 있었다. 무얼 해야 할지 알지 못한 채. 사라는 내가 어떻게 하기를 원할까? 내가 무슨 일에 참여해야 할까? 어떻게 하면 사람들 눈에 띄지 않고 잘 지내다 갈 수 있을까? 내 몰골은 우스꽝스러웠다. 내 시선은 넓은 산장 입구 쪽을 훑었다. 한쪽에는 온통 금속으로 만든 가구와 집기가 놓인 주방이 있었고, 다른 쪽에는 식당이 있었다. 식당 안에는 떡갈나무로 만든 테이블이 떡 버티고 있었다. 서른 명 정도는 앉을 수 있을 만큼 커다란 테이블이었다. 산장 한가운데에는 독특하게 장식되고 잘 정돈된 거실이 있었다. 그리고 위층으로 통하는 넓은 계단이 있었다. 위층에는 분명 객실들이 있을 터였다.

웅성거리는 소음 속에서 사라의 목소리가 내 귀를 붙들었다. 사라가 몸을 돌려 나를 향해 다가왔다. 그애는 내 얼굴을 제대로 바라보지도 않고 마치 데리고 온 동물을 소개하는 듯한 태도로 내 이름이 샤를리이고 자기의 "가장 좋은 친구"라고 말하는 것으로 사람들에게 간단히 나를 소개했다. 나는 알지 못하는 사람들의 미소에 답했다. 사라는 곧바로 나에게서 자기 청중들을 도로 넘겨받았다.

잠시 후 나는 사라를 따라 젊은 사람들을 위해 마련된 위층 객실로 올라갔다. 우리는 어느 방 안으로 들어갔다. 소녀 네 명이 침대에 누워 친한 친구들의 사진을 바꿔 보며 즐겁게 재잘대고 있었다. 우리 또래의 아이들 같았다. 우리가 들어가자, 그애들의 대화가 갑자기 뚝 끊겼고, 그애들의 시선이 일제히 우리 쪽을 향했다. 사라는 즐거운 비명을 지르며 그애들을 향해 달려갔다. 포옹, 미친 듯한 웃음, 재회. 그애들은 나를 배제한 동아리를 형성하고 있었던 것이다. 나는 거기 그냥 엉거주춤하게 남아 있었다. 문지방에 선 채, 어쩔 줄 몰라하며. 나는 사라가 내게 해야 할 일을 일러주기를 기다리며 그애들을 바라보는 것으로 만족했다. 나는 기다렸다. 서투르게. 물론 사라는 벌써 내 존재를 잊어버렸을 터였다. 나는 이 모든 것이 처음부터 사라가 꾸민 음모임을 알 수 있었다. 그것을 모를 수는 없었다. 그러기에는 사라를 너무 잘 알고 있었다.

이윽고 사라의 목소리가 나를 마비 상태에서 벗어나게 했다. 그애의 말은 나를 너무 서글프게 했다.

"바보처럼 아직까지 거기 서서 뭐 하고 있어? 멍하니 있지 말고, 가서 우리 엄마가 차에서 짐 내리는 것 좀 도와드려. 나는 다른 할 일이 좀 있으니까."

그리고 긴 침묵이 흘렀다. 여자아이들은 하던 말을 멈추고 뭔가 묻는 듯한 시선으로 나를 쳐다보았다. 그애들은 왜 내가 사라가 그런 식으로 말하도록 내버려두는지, 왜 내가 잠자코 복종하는지 이해하지 못했……

그랬다. 사라가 왔다. 다른 소녀들 앞에. 자신의 권위를 과시하기 위해. 사라는 그애들 앞에서 또 한 번 증명했다. 권력을 장악하는 사람은 자신이며, 나는 그 어느 때보다도 더 묵묵히 상황을 감내해야 한다는 것을.

다음날 아침 잠에서 깨어났을 때 나는 커다란 침실 안에 혼자 남겨져 있었다. 다른 아이들은 모두 나보다 일찍 일어나 아침을 먹으러 내려간 것 같았다. 나는 무겁고 힘없는 발걸음으로 식당으로 내려갔다. 잠이 모자라서인지 머리가 무겁고 아팠다.

지난밤은 짧았다. 나는 침대 위에 그애들과 함께 누워 아무 말도 하지 않고 그애들의 이야기와 웃음소리를 들으며, 최근 그애들에게 일어난 연애사건을 들으며 과자를 잔뜩 먹고, 창고에서 훔쳐온 말보로 담배를 피우며 전날 밤을 보냈다. 달리 갈 곳이 없었기 때문에 그애들과 함께 있었다. 하지만 나는 그애들과 원만하게 대화하지 못했다. 이야기가 한참 진행된 후에야 아이들이 호기심 어린 태도로 내가 어떤 아이인지, 내 꿈은 무엇인지, 남자친구는 있는지, 말하자면 나에게도 이야깃거리가 있는지 물었다. 내가 뭐라고 대답해야 할지 도통 알 수 없어했기 때문에 사라가 내 대신 대답을 해주었다.

"얘 말야? 남자친구? 너희들 지금 농담하니? 얘는 남자애하고 데이트해본 적이 한 번도 없어. 어떻게 보면 당연하지. 그렇지 않니, 샤를렌? 생각이 있는 남자애라면 너 같은 식물인간하고 데이트를 하겠니, 응?"

사라는 짤막한 웃음을 터뜨렸다. 그러나 그것으로 끝난 게 아니었다. 다른 아이들이 아무 말도 하지 않고 몹시 당황스런 표정으로 내 얼굴을 뚫어져라 바라보았던 것이다. 이윽고 사라가 다른 아이들의 마음을 불편하게 만드는 내 어색한 표정을 보고는 상황을 무마하기 위해 다른 화제를 꺼냈고, 아이들은 곧 내 일에 대해 잊어버렸다. 아이들은 아주 늦게 잠이 들었다. 나는 그애들보다 먼저 자리에 누웠지만 실은 줄곧 깨어 있었다. 사라의 목소리가 내 머릿속을 떠나지 않았다. 가장 마지막으로 사라가 침대에 누웠을 때, 나는 그애가 내는 숨소리 때문에 쉽게 잠들 수가 없었다.

식당은 온갖 종류의 소음으로 들끓고 있었다. 사람들의 목소리, 웃음소리, 아이들이 빽빽거리는 소리, 도자기 그릇에 숟가락이 부딪히는 소리, 홍차 끓이는 주전자에서 나는 쉭쉭거리는 소리 등등. 뜨거운 커피 냄새, 김이 올라오는 뜨거운 코코아 냄새, 가까운 빵집에서 방금 사온 신선한 빵 냄새가 막 침대에서 나온 내 코를 간지럽혔다.

나는 어젯밤 함께 있었던 아이들에게 다가가 조그만 목소리로 아침인사를 한 후 옆에 앉았다. 아이들은 내 말은 듣지도 않

는 것 같았다. 나는 시리얼 그릇 위에 고개를 파묻고 먹기 시작
했다. 그때, 내가 알지 못하는 어떤 목소리가 갑자기 나에게 질
문을 했다. 나는 소리난 쪽을 향해 고개를 들었다. 사라의 친구
들 중 하나인 래티시아였다. 래티시아는 안심시키려는 듯한 야
릇한 시선으로 나를 바라보았다. 내가 자기 질문에 대답하기를
기다리는 것 같았다.

"미안…… 방금 뭐라고 물었니?"

"사라가 정말 너의 가장 좋은 친구냐고."

나는 테이블을 둘러보았다. 사라와 다른 아이들은 이미 떠나
고 없었다. 거실에서 사라가 깔깔거리며 웃는 소리가 들려왔다.
나는 다시 고개를 숙였다. 그리고 내가 마음속에 항상 새겨놓고
있던 말을 열심히 늘어놓았다.

"물론 사라는 내 가장 좋은 친구야. 우린 5학년 때부터 친구였
어. 사라는 항상 나와 함께해. 내가 가장 힘든 순간에도 말야. 우
리는 비밀과 기쁨, 꿈 등 모든 걸 함께 나눠. 사라는 멋진 애고,
난 그애에게 많은 걸 빚지고 있어. 사실 모든 걸 빚지고 있다고
할 수 있지. 사라는 어려운 상황에서 나를 구해줘. 만일 사라가
없다면, 나는 내가 어디서 왔는지 알지 못할 거야. 사라는 나에
게 너무도 큰 행복을 가져다줬어. 그애를 위해서라면 난 무슨 일
이든 할 거야. 그 정도로 그애에게 감사하고 있으니까. 사실 우

리는 자매나 마찬가지야. 사라와 나는 피를 나눈 자매나 다름없다구."

나는 말을 멈췄다. 래티시아가 입을 열기 전까지는 긴 침묵이 흘렀다. 왜 래티시아에게 그 모든 이야기를 털어놓은 건지 알 수가 없었다. 나는 래티시아가 내가 이미 알고 있는 말을 하기를 기다리며 눈을 내리깔았다.

"하지만 어젯밤 사라는 너에게 심한 말을 했잖아. 너는 그걸 묵인했고 말이야."

"사라는 나의 가장 좋은 친구야."

"그렇다고 사라가 너를 그런 식으로 대해도 되는 거니, 넌 그렇게 생각해?"

"그래."

"나는 이해 못 하겠어. 너는 이상한 애야."

나는 대답하지 않았다. 무표정한 얼굴로 가만히 있었다.

"어쨌든 난 사라가 옳다고 생각하지 않아. 우리가 보는 앞에서 사라가 널 그렇게 몰아붙여서 우리는 모두 충격을 받았어. 그렇게 가만히 당하고 있을 이유가 없어. 사라는 고약한 계집애야, 그렇게 생각하지 않니?"

나는 어깨를 한 번 으쓱하고는 래티시아가 자리에서 일어나도록 내버려두었다. 그리고 얼마 동안 빈 음식 그릇에 시선을 고정한 채 꼼짝 않고 앉아 있었다. 그러는 동안 이상하게도 격렬하면서도 위험한 기쁨이 나를 휘감았다. 래티시아의 그 몇 마디 말—"사라는 고약한 계집애야"— 이 나에게 깊은 만족감을 가져다주었던 것이다.

울퉁불퉁한 지평선 위로 어둠이 내렸다. 멀리 보이는 청회색 산과 짙은 파란색 하늘은 색깔이 거의 서로 섞여버린 탓에 경계를 잘 가늠할 수 없었다. 그해의 마지막 밤이었다.

밤참 모임은 꽤 이른 시각부터 계속되고 있었다. 하지만 나는 모임이 끝나는 것은 볼 수 없었다.

실내는 연기로 가득하고 소란스러웠다. 정말 시끄러웠다. 복잡한 소란 속에서 여러 사람의 목소리가 서로 뒤섞였다. 음식은 지나치게 푸짐했고 모임은 끝날 줄을 몰랐다. 욕지기가 일었다. 나는 그런 분위기에 진절머리가 났다. 음악소리, 사람들, 그들의 웃음소리, 목소리, 그들의 태평스러움, 그 모든 것이 나를 짓눌렀다. 더이상 견딜 수가 없었다.

때때로 누군가 내게 괜찮냐고, 재미있냐고 물었다. 나는 "네, 고마워요" 하고 대답했다. 그런 다음 그들은 이내 나를 잊어버렸다. 겉으로 보기에 나는 아무것도 필요 없어 보였고, 그래서 그들은 다시 사라에게로 갔다. 사라는 자기의 야망과 미래를 사람들에게 이야기했다. 그애는 우선 우수한 성적으로 대학입학

자격시험을 통과할 것이고, 그 다음엔 HEC*에 들어가 뛰어난 연구를 할 것이다. 그애는 넥타이를 맨 십여 명의 남자 부하직원들을 들들 볶는 냉혹한 커리어우먼이 된 자신의 모습을 그려냈다. 아마 여성 정치인도 그애의 상상 속에 들어 있었을 것이다. 사람들은 그애가 고위 정치인이 되기에는 너무도 많은 재능을 타고났으며, 어쨌건 그애는 사람들을 지배하고 이끌고 인정받기 위해 태어났다는 것을 알고 있었다. 그애는 30대가 되면 분명 부자가 될 것이므로, 카마르그에 오래된 전통 농가를 한 채 산 후 마티외와 결혼해서 거기서 말들을 키울 생각이었다. 마티외가 한두 명의 아이를 만들어주는 동안 그애는 그를 엄하게 다룰 것이고, 백 살 남짓 되면 아마도 죽음을 고려할 것이었다.

모두 사라의 이야기를 듣고 있었다. 사라처럼 조숙한 여자애가 마음을 먹으면 정말로 그렇게 될 거라는 것, 사라 같은 아이는 성공할 수밖에 없다는 것을 사람들은 알고 있었다.

그리고 사람들은 춤추기 시작했다. 사라가 맨 먼저였다. 사라는 발목까지 내려오는 진회색 드레스를 입고 있었다. 부드러운 옷자락이 흐르는 베일처럼 그애 몸의 날씬한 실루엣을 감싸고 있었다. 살롱에 설치한 댄스 플로어를 비추는 회색 스포트라이

---

* 고등상업학교(Hautes Etudes Commerciales).

트 속에서 춤추는 그애를 본다면, 모두들 그애가 입은 옷과 그애의 피부가 마치 하나처럼 잘 어울린다고 말했으리라. 사라의 옷은 사라와 함께, 사라의 움직임 하나하나에 살랑살랑 반응하며 가볍게 스쳐 나부꼈다. 풀어헤친 숱 많고 붉은 머리칼은 불규칙적이고 격렬한 움직임으로 그애의 어깨를 어루만졌다. 그애는 춤을 추었다. 격렬하게, 온갖 리듬을 타며, 지칠 줄 모르고.

나는 무척 따분했다. 사람들이 무척 많았기 때문에 나는 별로 눈에 띄지도 않았다. 만일 내가 여기 놓여 있는 술잔을 차례로 모두 비우면 몹시 취했다는 것이 알려질 테고, 그렇게 되면 사라와 다른 사람들도 나를 주목하지 않을 수 없을 거라는 생각이 들었다. 나는 내가 무슨 짓을 하는지도 모르는 채 밑 빠진 독처럼 술을 마셔댔다. 정확히 무슨 일이 일어나고 있는지도 알 수 없었다. 독주, 백포도주, 체리주, 보르도, 피콩* 들이 주욱 펼쳐졌고, 나는 나 자신에 대한 제어력을 잃는 것에 기쁨을 느꼈다. 나는 저항 한 번 못 하고 태평하면서도 분별 없는 행복 속으로 미끄러져 들어갔다. 나는 금지된 것에 감히 도전했고, 언뜻 보기에는 성공한 듯했다. 이제 아무것도 중요하지 않았다. 나는 탐험을 계속했다. 연거푸 술을 마셨다. 그러자 더 즐거워졌다. 그래서 더

---

* 쓴맛 나는 약을 섞은 술인 비터스의 상품명. 보통 식사 전에 마시거나 칵테일로 마신다.

많이 마셨다. 그리고 갑자기 사라가 나를 보았다.

나는 다른 여자아이들과 함께 위층에 있는 방으로 올라갔다. 취해서 비틀거리는 나를 보고 아이들이 웃었다. 나는 그게 좋았다. 아마도 그애들은 나를, 술 취한 내 모습을 비웃었을 것이다. 그애들에겐 내가 궁지에 몰려 있는 것으로 보였을지도 몰랐다. 모두 웃었다. 웃지 않는 것은 사라뿐이었다. 사라는 나에게 그만 두라고 명령했다.

"샤를리, 그만 해. 하나도 안 웃겨."

그러나 나는 그만둘 수가 없었다. 내가 아이들의 시선을 끌었으니까. 나는 사라를 질투하게 만든 것이, 그애만의 것이야 했던 이 축제를 망가뜨린 것이 기뻤다. 나는 위험인물이 되었고, 그 모든 것이 나를 너무나 기쁘게 했다. 나는 즐거웠고, 기분이 좋았다. 아이들이 나로 인해 웃었다. 그래서 나는 계속했다. 한 잔 더. 또 한 잔 더. 아이들이 웃는 걸 보기 위해……

나는 아이들과 함께 다시 주방으로 내려갔다. 나는 래티시아의 팔을 잡고 함께 걸어갔다. 웃음을 터뜨리면서. 사라가 분노한 표정으로 우리 앞을 지나갔다. 보통 때 같았으면 나는 절대로 그렇게 대범하게 행동하지 못했을 것이다. 그러나 그때 나는 더이상 나 자신이 아니었다.

그후로도 나는 계속 술을 마셨다. 사라가 거칠게 내 손에서 맥

주병을 빼앗으려다 제풀에 넘어져 타일을 깐 바닥 위로 쓰러졌다. 나는 발밑에서 벌어지는 그 소동을 그저 바라보고만 있었다. 이어 사라의 손이 내 뺨을 후려갈겼고, 나는 그 기세에 밀려 바닥에 쓰러졌다. 짓누르는 듯한, 소름끼치게 긴 침묵이 그 뒤를 이었다. 나는 사라를 향해 눈물이 가득 고인 눈을 들었다. 그애는 내 앞에 버티고 서 있었다. 거만하고 무서운 모습으로. 그애는 죽이기라도 할 듯한 기세로 나를 내려다보았다. 나, 약하고, 부끄럽고, 비참한 나는 말없이 그애의 용서를 구했다. 나는 아주 작고 보잘것없었다. 시간이 멈추었다. 아무도 움직이지 않았다. 사라가 내 팔을 움켜잡고 어디론가 끌고 가더니 나를 작은 방 안으로 밀어넣었다. 아무 말도 하지 않고, 마치 그것이 아주 당연한 일인 것처럼. 나는 그애의 노예였다. 나는 나 자신을 방어하기 위해 소리를 지르지 않았다. 눈물 때문에 두 눈이 타는 듯 아팠기 때문에 바닥에 주저앉아 눈을 감았을 뿐이었다. 나는 사라의 행동을 막으려고 하지 않았다. 사라는 해야 할 일을 하고 있었으니까. 나를 때린 것은 사라를 만족시켜주었다. 그애는 얻어맞은 것은 나에게 별것 아니라는 것을, 나를 괴롭히는 것은 오히려 과오와 수치심이라는 것을 알고 있었다.

사라는 나를 각성시키려는 듯 거칠게 내 몸을 잡아 일으켰다. 사라의 행동은 극도로 난폭했다. 나는 위쪽에서 나는 그애의 숨소리를 느꼈다. 사라는 나에게 나쁜 짓을 했다. 그러나 그것은 중요하지 않았다. 몇 년 전부터 내가 이 순간을 기다려왔음을 분명히 알고 있었다. 나는 나를 때리는 그애의 몸짓 하나하나를, 상처 하나하나를 만끽했다. 형벌로서가 아니라 하나의 승리로서, 하나의 결말로서. 우리는 둘 다 그것을 즐겼다.

사라가 내지르는 소리가 멍한 내 고막을 울렸다. 나는 비틀거렸다. 그애가 내 면전에 던지는 말은 나를 때리는 그애의 몸짓과 리듬을 같이하며 울렸다. 나는 그 말들을 이해하지도 못한 채 그 목소리의 울림만을 인식했다. "너는 한참 멀었어, 샤를렌…… 내가 지금 누구를 위해 이러고 있는데?…… 너는 너 자신을 책임질 능력이 없어…… 너의 바보짓이 정말 지긋지긋해…… 네가 혐오스러워……" 몽롱한 고통 속에서 내가 분간할 수 있는 것은 이 말뿐이었다.

사라는 나를 창고에 가두었다. 어둡고 차가운 그곳에 나를 홀로 방치했다. 몸이 무너져내렸다. 나는 차가운 타일 바닥에 얼굴을 갖다 댔다. 숨을 멈추고 눈을 감았다. 문 밖에서 래티시아의 목소리가 들렸다.

"샤를렌, 나 좀 들여보내줘! 샤를렌! 우리 얘기 좀 하자. 어서 문 좀 열어봐!"

몇 분이 지난 뒤, 래티시아는 결국 돌아갔다. 거실에서 자정을 알리는 열두 번의 시계 종소리가 울렸다. 모두 즐거워하고 있었다. 나는 그 작은 방에서 새해를 맞았다. 먼지 구덩이에 머리를 처박은 채, 혼란의 안개 속에서. 생각이라는 것을 할 수가 없었다. 나는 기다렸다. 거의 세 시간 동안을 그렇게 갇혀 있었다. 파티는 내가 그만 일어나야겠다고 결심했을 때까지도 아직 끝나지 않고 있었다. 창고 바닥과 내 옷에 핏자국이 묻어 있었다. 사라가 나를 때리면서 본의 아니게 내 몸에 상처를 낸 것이다. 나는 소리 없이 문을 열고 창고를 나갔다. 그런 다음 아무도 모르게 방으로 올라가서 침대에 누웠다. 아무도 나를 보지 못했다.

다음날, 나는 아침 햇살을 받으며 잠을 깼다. 꿈이 아니라는 것을 믿을 수 없었다. 머리가 무겁고 입이 바짝바짝 말랐다. 입 안에서는 아직도 피의 비린 맛이 느껴졌다. 나는 나 자신이 더럽다고 느꼈다. 요동치는 듯한 흐릿한 소음이 머릿속을 끊임없이 두드려댔다. 내 머리를 후려친 첫째 영상은 사라의 모습이었다. 지난밤을 강타했던 악몽이 기억났다. 나는 사라와 과격한 투쟁을 벌이는 꿈을 꾸었다. 꿈속에서 사라는 나를 때리려 하지 않았고, 나는 말로 표현할 수 없는 분노에 사로잡힌 채 악착같이 그 싸움을 끝장내려고 했다. 하지만 사라에게 손이 닿지 않았다. 아무리 해도 사라를 건드릴 수 없었다. 나는 소리 지르고 싶었다. 그러나 내 목구멍이 그것을 거부했다. 내 안의 모든 것이 정지된 것 같았다. 그리고 마지막 폭발에서 내 눈은 현실을 향해 열렸다. 잠에서 깨자 잠자는 동안 나를 괴롭힌 분노에 억압된 나머지 질식할 것만 같았다.

나는 주변을 둘러보았다. 방은 침묵에 묻혀 있었다. 다른 아이들은 아직 자고 있었다. 그애들의 숨소리가 조그맣게 들려왔다. 나는 이 아침의 고요가 감사했다. 하지만 몸이 불편했다. 나는 일어나서 숨을 깊이 들이쉬었다. 폐 속으로 공기가 들어오는 것이 느껴졌다. 나는 래티시아의 침대로 다가갔다. 그리고 조그맣게 이름을 부르며 부드럽게 그애를 깨웠다.

"샤를렌?…… 무슨 일이야? 지금 몇 시니?"

"걱정하지 마. 아무 일 없어. 아직 이른 시간이야. 사라는 왜 자기 침대에 없는 거니? 너 그애가 어디서 잤는지 아니?"

"자기 엄마 방에서. 사라는 오늘 아침 네 옆에서 일어나고 싶지 않다고 했어."

"고마워. 알았어. 이제 다시 자……"

나는 방에서 나와 발소리를 죽이고 중앙복도를 걸었다. 아직 아무도 일어나지 않았다. 별장은 마치 버려진 것 같았고, 나는 혼자였다. 나는 사라의 엄마 마르틴의 방까지 걸어간 후, 소리를 내지 않기 위해 할 수 있는 한 가장 조심스럽게 방문을 열었다. 내 발걸음은 나를 천천히 사라의 침대로 인도했다.

나는 웅크리고 앉아 잠시 사라를 바라보았다. 사라는 잠들어 있을 때도 멸시하는 듯한 표정이었고 대리석처럼 냉담했다. 잠 들어 있을 때조차 사라는 모든 것을 통제하는 듯했고, 그런 상황 에서조차 나를 두렵게 했다. 짧은 순간, 나는 소리를 질러 이 평 온함을 중단시키고, 그애의 꿈을 깨뜨리고, 그애 잠의 고요를 방 해하고 싶은 기분을 느꼈다. 짧은 순간 죽은 사라를 보고 싶은 욕망을 느꼈다.

그리고 나는 복도에서 나는 사람들의 소리를 들었다. 나는 그 곳을 떠났다.

다시 집으로 돌아왔을 때, 나는 부모님에게 새해인사를 하는 것도 힘이 들었다. 그래서 어린아이였을 때처럼 어둠이 방 안을 완전히 점령하도록 덧창을 닫고 그 안에 틀어박혔다. 암흑 속에 홀로 있으니 안심이 되었다.

나는 내 물건들을 모두 끄집어냈다. 사진, 앨범, 일기장, 편지, 습작노트, 기념품들을. 그날 오후 나는 내 삶이, 내가 그토록 감 추고 잊고 싶어하던 내 과거가 내 눈 아래 펼쳐지는 것을 보았 다.

그리고 더이상 그 어떤 것도 고통스럽지 않았다.

나는 사라를 알기 전에 내게 삶이 있었다는 것을, 내가 행복한 어린 시절을 보냈음을, 내가 나에게, 오로지 나 자신에게 속한 존재였음을 깨달았다. 나는 대단한 아이는 아니었을지 몰라도 적어도 누군가였다. 나는 행복하고 자유로운 아이였다.

내 사진들이 있다. 열두 살 때 찍은 사진. 여름 휴가지에서 함께 놀던 친구들과 해질녘 수영장 앞에서, 보클뤼즈. 1996년 여름이었다. 열 살 때 찍은 사진. 엄마 아빠와 함께다. 바스티앵이 우리 앞에 앉아 있고 뒤쪽 테이블 주변에는 초대받은 손님들이 모여 있다. 1994년 크리스마스였다. 여덟 살 때 찍은 사진. 잠옷 차림으로 이불 밑에 동그랗게 몸을 움츠리고 있다. 옆에는 바네사가 누워 있다. 날짜는 없다. 다섯 살 때 찍은 사진. 화난 눈초리를 한 남자아이 같은 소녀가 있다. 할아버지의 무릎 위에서, 1989년 가을이었다. 두 살 때 찍은 사진. 아름다운 여름 나절, 가느다란 줄무늬 원피스에 밀짚모자를 쓰고 엄마의 손을 잡은 채 생애 첫발자국을 떼면서였다. 옆에는 아빠가 있다. 엄마 아빠는 미소를 띠고 있으며, 감격한 표정이다. 나는 이 사진들 앞에서 눈물을 흘렸다.

나는 내 삶이 언제나 비천한 것은 아니었음을 깨달았다. 사람들은 나를 사랑했다. 그리고 아마도 그들은 지금도 나를 사랑하고 있을지도 몰랐다. 부모님, 남동생, 바네사, 그리고 또다른 몇몇 사람들에게 나는 완전한 한 인격체였다. 나는 그들 삶의 일부였고, 그들 또한 내 삶의 일부였다. 심한 현기증이 나를 덮쳤다. 이 명백한 증거 앞에서 욕지기가 일었다.

어떻게 그토록 눈이 멀 수 있었을까? 나는 사랑을, 우정을, 그리고 다른 어떤 것을 찾았다. 그리고 사라 곁에서 그것을 발견했다고 믿었다. 이 년에 가까운 시간 동안, 나는 사라와의 관계를 위해 무척 애썼다. 그러나 사라는 모든 것을 무화시켰고, 나를 나 자신으로부터 일탈시켰다.

그 모든 시간 동안 내 주변 사람들은 나를 사랑했다. 하지만 사라로 인한 눈멂 속에서 나는 내 시각(視覺)과 그들의 사랑을 잃었다.

사라와의 관계가 변하면서 모든 것이 파괴됐다. 내 삶은 폐허가 되었다. 나는 연약한 존재였다. 고통받고 겁먹고 말없는. 굴종하는. 그리고 은총을 잃은. 지금 나는 정체성 없는 존재였다.

나는 바닥에 흩어져 있는 사진들을 통해 내 과거를 고찰했다. 모든 것이 명쾌했다. 사라가 나에게 한 행동들은 우연의 산물이 아니었다. 사라는 내가 나약하고 남의 영향을 잘 받는다는 것을 처음부터 알고 있었다. 그리고 그애는 내가 그애를 필요로 하는 만큼 똑같이 나를 필요로 했다. 심지어 아마 그애는 처음부터 내가 미쳤다는 것을, 혹은 내가 그렇게 되기 쉬운 아이라는 것을 알았을 것이다. 그래도 나는 그애가 그렇게 하도록 내버려두었을 것이다. 나는 그애의 게임규칙을 받아들였다. 왜냐하면 내가 그애에게 빚을 졌기 때문이다. 내 삶의 어느 순간에, 그애는 내가 자신감을 가질 수 있게 해주었고, 나의 유일한 대화 상대자가 되어주었다. 그때부터 일어난 일들은 피할 수 없는 것이었다. 아마도 이 모든 이야기 속에서 과오를 저지른 유일한 사람이 나만은 아닐 것이었다. 사라 역시 나처럼 미쳤고, 운명은 우리의 길이 서로 만나기를, 그리고 패자가 나이기를 원했던 것이다. 눈이 멀었던 그때 이후 처음으로, 나는 내가 사라에게 경멸감을 가졌다는 것을 깨달았다. 오랫동안 나는 그 감정을 매혹으로 착각했던 것이다. 하지만 증오와 열정은 오직 한 걸음 차이일 것이다.

나는 내 방 거울 쪽으로 눈을 돌렸다. 내 어린시절을 그토록 공포스럽게 했던 거울이었다. 그 속에서 나는 내가 알지 못하는 여자아이를 보았다. 벌거벗고 웅크린, 상처받아 뺨에 철철 눈물을 흘리고 있는, 거울 앞에 서서 공허한 시선을 내게 고정하고 있는 어린 소녀를. 나는 그 아이를 보지 않으려고 손에 닿는 아무 물건이나 집어들었다. 내 머리맡에 있던 전등을. 그리고 그것을 거울을 향해 내던졌다. 나는 거울의 유리가 산산이 깨져 발밑에 쌓일 때까지 열중해서 계속했다. 마지막 유리 파편들이 박혀 내 손에 피가 솟았다.

사랑하고 사랑받다

3학년이 되자 쇼팽 중학교를 떠나는 것만이 내가 빠져나갈 유일한 출구가 되었다. 나는 사라가 지옥으로 만들어버린 그 삶을 영원히 떠날 준비가 되어 있었다. 중학교만 졸업하면 우리의 길은 서로 달라질 것이었다. 나는 무한한 위안을 느끼며 다가오는 여름을 맞았다.

나는 이제는 정말로 끝나가는 그 고통스러웠던 사 년의 세월을 내 뒤에 놓아두었다. 나는 나를 사라에게 묶어놓았던 그 위험한 관계에서 멀리 떠나 삶의 참맛을 되찾겠다는 희망 속에 살았다. 두려움 없이, 멸시 없이, 부끄러움 없이, 나는 다시 살아날 것이었다.

매순간 나는 그애와의 단절을 준비했다. 그것은 기다림과 낙

담으로 점철된 투쟁이었다. 과연 그애에게 의존하지 않고 살아
남을 수 있을까? 매일 나는 그렇다고 자신을 열심히 설득했다.
그해 연말, 사라가 자기가 진학할 고등학교로 자기를 따라오라
고 내게 말했을 때, 나는 싫다고 대답할 만큼 그애와 맞설 충분
한 힘이 있다고 믿었다. 하지만 그렇지 않았다. 비겁하게도 나는
그애의 결정 앞에 머리를 숙이고 끌려가고 말았다.

다음해 9월, 나는 보들레르 고등학교에 진학했다. 그리고 내
앞에는 다시 한 번 지옥문이 열렸다.

학기가 시작되는 첫날이었다. 학교 교문 앞에 학생 여러 명이
서성이고 있었다. 내가 모르는 얼굴들뿐이었다. 20, 30미터쯤
앞에 플라타너스와 벤치로 둘러싸인 넓은 공간이 있고, 그 뒤로
학교 건물이 나를 향해 솟아 있었다. 무섭고 거대했다. 별관을
사이에 두고 서로 분리된 두 개의 운동장을 향해 창문들이 높이
나 있었다. 낡고 어두운 건물 벽면은 몇 년 후 내가 가게 될 교도
소를 상기시키는 듯했다.

나는 어디로 가야 할지 모르는 채 앞쪽으로 나아갔다. 그리고
자신 없는 걸음걸이로 교실 안으로 들어갔다. 내 눈은 학생들이
앉아 있는 곳을 주욱 훑었다. 사라가 거기 있었다. 나는 안도하
는 긴 한숨을 토해냈다. 그애는 바로 내가 찾고 있던 모든 것이
었기 때문이다. 사라는 안쪽에 있는 한 의자에 앉아 말없이 나를

보고 있었다. 입술에는 빈정거리는 듯한 미소를 띠고 있었다. 나는 그애 주변의 다른 아이들이 벌써 그애에게 매혹된 눈빛을 하고 있는 것을 감지했다.

사라는 적어도 잠정적으로는 내가 더이상 존재하지 않아야 한다고 결정했다. 물론 나는 그애의 가장 좋은 친구라는 공식 타이틀은 계속 갖고 있었다. 수업 첫날, 사라는 나에게 아는 척하지 않았다. 처음 며칠 동안, 몇 주 동안, 그리고 그후 몇 달 동안, 사라는 우리가 다른 아이들과 함께 있을 때 나를 알지 못하는 듯한 얼굴을 했다. 게임은 계속되었다. 어떤 시선도 어떤 교환도 없었다. 사라는 나를 무시했다. 사라는 그걸 재미있어했고, 내가 들으라는 듯 큰 소리로 웃어댔다. 사라는 내가 더이상 자기의 단짝 친구가 아니라는 것을 보여주기 위해 새로운 친구들에게 자기 생활을 이야기했다. 그애는 나라는 존재를 부인한다는 단 한 가지 목적을 위해 그 모든 것을 주의 깊게 준비했다. 나를 비판하거나 비난하는 것보다 아예 주목하지 않는 것이 훨씬 더 큰 고통을 주리라는 것을 잘 알고 있었던 것이다.

사라는 자기가 나를 아프게 한다는 것을 모르지 않았다. 그것은 진정한 고문이었고, 나는 그애에게 완전히 붙들려 있었다. 광기가 나를 노렸다. 그러한 악마 같은 연출이 계속되었다. 나는 그애가 생각하는 것을 정확히 알 수 있었다. "나에게 애원하지 않는구나, 샤를리. 하지만 나는 너보다 훨씬 강해. 끝까지 할 거야. 난 이게 재미있거든."

나는 사라를 살피며 하루하루를 보냈다. 그애를 놓치지 말아야 했다. 그애가 말하는 것들 중 그 어떤 것도 놓치고 싶지 않았다. 마치 내가 그애의 그림자 속에 사는 것과 같았다. 나는 더이상 아무것도 통제할 수 없었다. 이윽고 나의 온 존재는 내가 결코 예측한 적이 없었던 폭력과 분노 속으로 잠겨들었다.

그리고 나에 대한 소문이 떠돌았다. 내가 정신적으로 문제가 있는 아이라는, 심각한 우울증에 기분의 변화가 심하고, 제어할 수 없는 공격적 성향을 갖고 있다는 소문이었다. 사라가 그 무성한 소문들의 진원지라는 것을 알게 되기까지는 그리 많은 시간이 걸리지 않았다. 열세 살 때 내가 자살을 기도했다는 것을 아는 사람은 학교에서 그애밖에 없었으니까.

몇 달 동안 아이들은 나를 피했다. 나는 그애들의 의도적인 무관심과 의아해하는 듯한 시선, 그리고 내 등뒤에서 수군거리는 목소리들을 견뎌냈다. 그애들에게 두려움을 주는 존재였다. 사실을 말하자면, 그애들의 경멸 같은 것은 아무래도 좋았다. 나에게 중요한 것은 오직 사라뿐이었다. 사라는 계속해서 나를 도발했으며, 매순간 나를 조롱했다. 사라 주변의 아이들은 그것에 암묵적으로 동의했다. 예전에 내가 사라에게 털어놓은 모든 비밀은 조롱과 소문의 주제가 되었다. 나는 그 어느 때보다 격분했다. 하지만 나는 혼자였고, 무슨 조치를 취하기에는 너무도 무력했다. 그애에게 배신당하는 것은 그애의 부재보다 더 끔찍했다. 그리고 그 모든 것이 내가 억제해야 할 광기를 더더욱 부채질했다. 무의식적으로, 그리고 천천히, 나는 복수를 구상하고 있었다.

막심은 프랑스어 수업 시간 동안 내 앞에 목덜미를 곧게 세우고 앉아 있었다. 똑바로 쭉 뻗은 긴 목. 단정하게 자른 금빛 머리칼이 그 위에 드리워져 있었고, 머리에서 가볍게 떨어져 나온 한 쌍의 귀가 양쪽으로 드러나 있었다. 막심은 키가 크고 말라서, 내 눈에는 열여섯 살 소년치고는 너무 약해 보였다.

그때까지 우리는 서로에게 무관심했다. 막심은 순진한 남자아이들의 그룹에 속해 있었고, 그 아이들은 한 번도 내 관심을 끈 적이 없었다. 나는 다른 아이들에게 그런 것처럼, 그리고 나 자신에게 그런 것처럼 막심에게 개의치 않았다.

아니다. 나는 진실을 말하지 않았다. 나는 그애가 다르다는 것을, 그애가 적어도 자기가 같이 다니는 아이들보다는 더 성숙하고 신중하다는 것을 줄곧 알고 있었던 것 같다. 어느 날 막심이 나에게 고백한 것에 따르면, 반에 떠도는 소문들, 나에 대해 멸시하는 듯한 사라의 이야기와 그애가 미치는 영향력, 이 모든 것이 그애에게는 그리 대수로운 것이 아니었다. 그애는 비밀스럽게 나의 호기심을 끌었다. 그러나 그때 나는 사라에게 너무 마음을 쓰고 있어서 그애의 관심을 끌어볼 수가 없었다. 우리는 오가며 잠깐잠깐 시선을 마주치는 것으로 만족했다. 우리는 감히 서로 말을 건네지 못했다.

10월의 그 아침까지는.

그날은 비가 오고 있었다. 그날 길에 배어 있던 흙냄새를 아직도 기억한다. 비바람이 불어 도시는 온통 잿빛이었고, 나는 밖으로 나갔다.

나는 거리 모퉁이에 있는 작은 서점 안으로 달려들어갔다. 완전한 고요가 바깥의 억수 같은 빗소리와 대조를 이루며 서점 안을 지배하고 있었다. 토요일 아침이라 사람이 별로 없었고, 서점은 모든 소란스러움으로부터 보호받고 있는 것처럼 보였다. 나는 그런 조용한 분위기를 정말 좋아했다. 많은 책들, 종이 냄새, 그리고 먼지 냄새에 둘러싸여 그곳에서 몇 시간을 보냈다.

내가 어렸을 때, 아버지는 나를 그 서점에 데려갔다. 아버지가 역사물들이 꽂혀 있는 칸에서 정신없이 시간을 보내고 있을 때, 나는 감탄하며 반들반들하고 차가운 책의 페이지들을 손가락으로 쓰다듬고, 새것이거나 오래 된 책표지들의 냄새를 맡았다. 한 장 한 장 넘길 때마다 페이지들이 가볍게 사각거리는 소리도 들었다. 우리 아파트에서 얼마 안 되는 곳에 이 작고 호젓한 서점이 있었다. 그곳에서 나는 단어와 문자와 종이가 주는 쾌락을, 그것들의 느낌, 그것들의 냄새, 그것들의 감촉과 그것들의 언어를 발견했다.

그날 아침 나를 그곳으로 이끈 것이 무엇인지 알지 못한다. 평상시 나는 내 방을 떠나는 일이 거의 없었다. 하지만 그때 나는 무언가를 알아내야 했다. 어떤 필요에 이끌려 나는 내 질문들에 대한 대답을 구했던 것이다. 나는 진실을 원했다. 나와 비슷한 경우가 세상에 존재하는지 알고 싶었다. 존재하든 그렇지 않든 나는 충분히 아팠고, 어떻게 하면 그것으로부터 벗어날 수 있는지 알고 싶었다. 내가 살아 있다는 것을 누군가 다시 한 번 나에게 설명해줄 수 있을까?

나는 안쪽 벽에 있는 '심리학'이라고 씌어 있는 책장들 쪽을 향해 나아갔다. 재빠른 눈길로 나는 거기 꽂혀 있는 책들을 훑어 나갔다. 우연히 나를 사로잡은 저자들의 이름, 연대, 판본, 작품의 제목들은 나에게 꽤 적절해 보였다. 나는 거기서 뭔가 흥미로운 것을 발견하기를 기대하며 빠르게 책장을 넘겼다. 누군가 미국에서 센세이션을 불러일으켰다는 최근에 나온 전기에 대해 말해주었다. 사형을 선고받은 한 젊은이의 실제 이야기였다. 그는 어떻게 해서 자기가 그토록 무서운 방법으로 아버지와 두 삼촌들을 죽일 광기 어린 생각을 하게 되었는지 이야기하고 있었다.

조금 떨어져 있는 책장에서는 광신에 대해 다루고 있는 책 한 권을 발견했다. 좀더 자세하게 말하면 살인에 대한 욕구를 다룬 책이었다. 내 눈은 단어 하나라도 놓치지 않기 위해 미친 듯한 속도로 행들을 훑어나갔다.

"죽음은 절대를 구성한다…… 우리는 그 경계선에서 더 멀리 나아갈 수 없다…… 우리는 우리 자신을 다시 정의할 수 없다…… 죽음은 모든 것을 소멸시킨다…… 그것은 논리적이고 이상적인 하나의 방책이다…… 절정의 한계…… 결말…… 정상을 벗어난 감정…… 위안."

좀더 가자, 국어 시간에 다뤘던 카뮈의 소설이 있었다. 『이방인』이었다. 거기 나오는 장면들 중 하나가 나와 관련이 있는 것 같았다. 나의 눈은 그 장면을 묘사한 행들을 게걸스럽게 파고들었고, 나는 매 단어들을 들이마시다시피 했다. 이유는 알 수 없었지만 나는 그것에 매혹당했다.

"내 온 존재는 팽팽히 긴장되었고, 나는 권총을 손으로 꽉 쥐었다…… 방아쇠를 당겼고, 나는 총 개머리판의 튀어나온 반들반들한 부분을 만졌다…… 나는 땀과 태양을 떨쳐버렸다. 나는 내가 한낮의 균형을 파괴했다는 것을 깨달았다…… 그래서 나는 총알이 보이지 않게 관통한 꼼짝하지 않는 육체 위에 네 발을 더 쏘았다……"

"마치 그 거대한 분노가 내게서 악을 제거한 것처럼, 희망이 비워진 것처럼, 신호와 별들로 가득 찬 그 밤 앞에서 나는 처음으로 세상의 부드러운 무관심 앞에 나 자신을 열었다."

나는 이 부분을 여러 번 반복해서 읽었다. 뫼르소의 운명, 그것은 바로 나의 운명이었다. 그 발견은 그때까지 짐작지도 못했던 명백한 사실 앞에 눈을 뜨는 것과도 같았다.

나는 마침내 눈을 들었다. 꽤 긴 시간이 흘렀다는 느낌이 들었다. 그때 나는 그애를 보았다. 나에게서 몇 미터 떨어진 '현대시' 코너에 한 남자아이가 꼼짝 않고 서 있었다. 나는 그애가 막심이라는 것을 알아보았다. 나는 무의식적으로 그애를 보기 위해 몇 발자국 다가갔다. 그애의 얼굴은 굳어 보였고, 그애의 눈썹은 눈 위에서 두 개의 갈색 물결을 이루고 있었다. 나는 그애가 손에 든 책에 열중하고 있다는 것을, 독서에 빠져 있다는 것을 알 수 있었다.

그리고 그애가 움직였을 때, 그애의 시선이 즉시 내 쪽을 향했다. 나는 얼른, 수줍음 때문이라기보다는 반사작용으로 시선을 돌려 다시 책을 읽기 시작했다. 잠깐 동안 나는 그애가 거기 있는 것을 알지 못하는 듯한 얼굴을 했다. 그리고 그애가 내게 다가오기를 기다렸다. 나는 그애가 내 쪽으로 오리라는 것을 알고 있었다.

막심은 나에게 수줍게 인사를 건넸다.

나는 놀란 것처럼 막심에게 시선을 주었다. 막심은 미소를 지었다.

"여기서 뭐 해? 너도 이 서점에 다니는지는 몰랐어."

어색한 짧은 침묵 후에 그애가 내게 말했다.

나는 뭐라고 대답해야 할지 알 수 없었다. 막심은 내 쪽으로 몸을 숙였다. 그애의 시선은 부드러웠고 마음을 편안하게 해주었다.

"무얼 읽고 있는지 말해줄 수 있니?"

"『이방인』. 수업 시간에 이 책에 대해 이야기했던 이후로 계속 사고 싶었거든."

"나도 이 소설 참 좋아해. 너도 알게 되겠지만, 문체가 굉장히 간결하면서도 이야기가 가슴을 찌르는 듯하거든. 강력 추천하고 싶어."

"그런데 너는, 네가 갖고 있는 건 무슨 책이야?"

나는 그애가 들고 있는 책에 시선을 주면서 작은 소리로 물었다.

"응, 나는 시에 관심이 많아. 장 타르디외야. 너도 아는지 모르겠다……"

"조금은. 하지만 나는 네가 이런 책을 읽는지 몰랐어."

막심은 눈을 내리깔고는 수줍은 미소를 지었다. 그애의 그런 모습은 나를 거의 감동시켰다.

막심이 말했다.

"응, 사실 가끔 읽어. 괜찮다면 어디서 얘기 좀 할래……? 다른 볼일 있니?"

"모르겠어. 뭐 특별한 일은 없고, 집으로 돌아갈까 생각하고 있었어. 그런데 왜?"

"그렇구나(조금 망설이면서). 괜찮으면 뭐라도 좀 마실까 해서. 여기서 가까운 곳에 내가 아는 괜찮은 카페가 하나 있거든."

나는 망설이고 거절할 시간이 없었다. 이해할 수 없는 무언가 그 제안을 받아들이도록 나를 떠밀었다.

나는 내가 고른 책 두 권의 값을 치렀고, 우리는 서점에서 나왔다. 나는 내가 『광신적 살인에 관한 심리학적 연구』라는 책을 고른 진짜 이유를 막심에게 말하지 않았다. 바깥 날씨는 아까보다 개어 있었다. 우리는 아르모니 가(街) 모퉁이에 있는 카페까지 말없이 걸었다. 우리는 카페 구석에 있는 작은 테이블에 자리를 잡았다. 막심은 아직도 빗방울이 맺혀 있는 검정색 비옷을 의자 가장자리에 걸쳐놓았다. 나는 뜨거운 코코아를 주문했고, 막심은 에스프레소를 시켰다. 그애는 자기가 대접하겠다고 했다. 우리는 잠시 동안 아무 말 없이 유리창 밖의 한적한 길을 바라보았다.

막심이 담배에 불을 붙였다. 나는 그 모습을 관찰했다. 나는 길고 가느다랗고, 섬세하고 연약해 보이는 그애의 손가락을 바라보았다. 그 손가락들은 그애를 닮아 있었다. 사라는 손을 보면 그 사람이 어떤 사람인지 알 수 있다고 말했다. 사라의 손가락은 아름답고 하얗고 반듯했다. 막심은 예술가의 손가락, 문필가의 손가락을 갖고 있었다. 나는 처음부터 그애에게서 다른 남자아이들에게서는 찾아볼 수 없는 감미로움을 감지했다.

그애는 담배를 피웠다. 자욱한 연기가 우리 둘 사이에 피어올랐다. 그애에게는 우아함, 그리고 정신성의 표지 같은 것이 있었다. 나는 선이 뚜렷한 그애의 입술과 곧고 짧은 코를 바라보았다. 코 밑에는 거의 눈에 띄지 않는 두 개의 작은 콧구멍이 있었다. 그리고 그애의 눈. 안경 렌즈 뒤에 가려져 있는 눈은 그애에게 확실한 매력을 부여하고 있었다. 나는 그 눈을 곧바로 상세히 관찰하고 싶지는 않았다. 우선은 그것을 피하고 싶었다. 지나치게 앞서 나가거나 일을 서두르고 싶지 않았다. 사실을 말하자면, 나는 그애에 대해 더 많이 알고 싶은 갈망에 거의 죽을 지경이었다. 그러나 지금 당장은 아니었다. 그애의 시선을 정면으로 받는 것은 나를 너무 많이 드러내는 행위였다.

막심이 이야기하기 시작했다. 그애의 목소리는 맑고 부드러웠으며, 동시에 엄숙했다. 나는 그애의 입술만 바라보았다. 나는 그애가 하는 말을 한 마디도 놓치지 않았다. 나는 내가 특별한 사람과 함께 있다는 느낌을 받았다. 막심은 아주 재미있는 아이였다.

그애는 장래희망이 응급실 담당 의사라고 했다. 그 이유는 자기가 위험과 예견치 못한 일, 긴장과 도전을 좋아하기 때문이라는 것이었다. 그애는 몇 년 전 엄마가 돌아가신 후 누나 집에서 살고 있다는 말도 했다. 아버지에 대해서는 한마디도 하지 않았다. 나는 그애가 어떤 아이인지 조금씩 알아갔다. 그애는 조각에서 비디오 게임까지, 공상과학소설에서 고전과 현대문학까지, 자기가 좋아하는 모든 것에 대해 나에게 이야기했다. 졸라, 스타인백, 그리고 뒤라스가 그애가 좋아하는 작가들이었다. 또한 그애는 쇼팽, 지네딘 지단은 물론 로댕과 피카소, 밥 말리의 팬이었다. 핑크 플로이드의 사이키델릭 음악에서 미국 흑인들의 블루스 음악까지 음악도 두루 좋아했다. 그리고 막심은 경제학 선생님이 마음에 들지 않는다는 말과, 지난번 화학실습 시간에 배운 내용을 자기는 도저히 이해할 수 없는데 만약 내가 그것에 대해 설명해준다면 굉장히 기쁠 거라는 말을 덧붙였다.

그때까지 나는 막심에게 별로 관심이 없었기 때문에 막심이 자기의 틀 안에 갇힌 폐쇄적인 아이라고 생각했다. 그러나 얘기를 해보니 막심은 굉장히 놀라운 개성을 가진 활달한 소년이었다. 이상하게도 나는 막심이 마음에 들었다. 그날 막심은 나를 웃게 만들기까지 했다. 사라 말고는 어느 누구도 그럴 수 없었는데 말이다.

하지만 언제나 존재하는 불안감이 나를 그 행복감에서 빠져나오게 했다.

만약 막심이 알게 된다면? 만약 막심이 내 눈을 통해 내가 진짜로 어떤 앤지 읽게 된다면?

나는 그애에게 애착을 느끼게 되는 것을 원치 않았다. 그애는 모든 것을 알아채지 못하기에는 너무 통찰력이 있어 보였다.

나는 초가을의 그 비오는 날 아침 이후 무엇 때문에 막심이 나를 자기 친구로 삼았는지 알지 못한다.

수업이 끝나고 저녁이 되었다. 막심은 나를 아르모니 가의 카페로 데려갔다. 우리는 항상 앉는 자리에 앉았다. 막심은 에스프레소를, 나는 뜨거운 코코아를 주문했다. 그리고 우리는 너무 독해서 때때로 역하기도 한 카멜 담배를 함께 피웠다. 막심은 이야기를 했고, 나는 아주 사소한 화제에도 열중하여 그애의 이야기를 들었다. 나는 할 말이 아무것도 없었다. 막심이 나에게 질문을 하면, 나는 나 자신을 드러내지 않기 위해 가능한 한 아주 짧게 대답했다. 우리의 우정은 나를 짓누르고 있는 끔찍한 비밀을 눈치채도록 내버려두기에는 아직 너무 깨지기 쉬운 것이었다.

우리는 그 카페 안에 아주 늦게까지, 때때로 문을 닫는 시간까지 머물러 있었다. 그리고 막심이 나를 집 앞까지 바래다주었다. 우리가 헤어지는 곳, 멀어져가는 그애의 모습을 내가 서글프게 바라보는 곳이 바로 그곳이었다.

때때로 막심은 정오에서 두시 사이에 그애가 누나와 매형, 그리고 두 명이 조카들과 함께 사는 14구의 작은 아파트에서 함께 식사하자고 나를 초대하기도 했다. 나는 언제나 두 팔 벌려 환영을 받았다. 그 자리에 모인 사람들은 식사하는 동안 재미있어하는 따뜻한 눈빛으로 막심이 하는 이야기를 끈기 있게 들었다. 막심은 이야기에 열중하느라 자기 앞에 놓인 접시에는 거의 손도 대지 않았다. 그애의 태도, 그애의 사소한 서투름, 그애의 상냥함, 그애 안의 모든 것이 나를 매료시켰고, 그애 안의 모든 것이 조금씩 조금씩 나를 정상적인 삶으로 회복시켰다.

막심이 사는 아파트는 다섯 명이 살기에는 너무 좁았다. 나는 언제나 뒤죽박죽 엉망이었던 막심의 아주 조그만 지붕 밑 방을 지금도 기억한다. 벽에는 열 점 정도의 그림이 걸려 있었다. 옛날 영화의 포스터와 그애 엄마의 모습을 담은 흑백사진들이 대부분이었다. 선반에 꽂힌 책들만이 카테고리에 따라 세심하게 분류되어 있었다. 그리고 처음으로 그애가 나를 위해 자기만의 신비로운 세계의 문을 열어 보였다. 그애는 밖으로 밀어서 열게 되어 있는 방 창문을 활짝 열고는 내 귀에 바짝 대고 속삭였다.

"자, 바로 이거야, 나의 세상."

우리 눈 아래에서 파리의 지붕들은 저 멀리 지평선까지 서로 끝없이 겹쳐졌다. 막심은 자기가 이곳에 여자친구를 데리고 온 것은 처음이라고 말했다. 나는 미소를 지었다. 갑자기 나 자신이 상처입지 않는 강한 아이처럼 느껴졌다. 그애가 여기 있다. 내 곁에. 나는 행복했다. 너무나 행복했다.

막심은 내 친구가 되었다. 그 사실은 때로는 받아들이기 힘겨웠다. 내가 그애에게 아무것도 요구하지 않았기 때문인지 막심은 나를 속속들이 밝혀내려고, 나를 자기 손안에 넣으려고 애썼다. 하지만 나는 아무것도 규명할 수가 없었다. 광기는 나 하나만으로 족했다. 나는 어떤 지원도 어떤 사랑도 필요하지 않았다. 그것이 사라의 것이 아니라면.

하지만 그런 중에도 막심은 내가 항상 바라오던 도움을 나에게 주었던 것 같다.

조금씩 조금씩, 새로운 샤를렌이 나타났다. 사라의 부재는 나에게 점점 덜 고통스러운 것이 되었다. 막심은 삶을 사랑했고, 나는 때때로 나 자신이 행복에 이끌려가도록 내버려두었다. 막심과 함께 그 행복을 충분히 나눌 때까지.

몇 주가 흘러갔다. 그리고 나는 돌연 상황에 대한 통제력을 잃어버렸다. 나는 심지어 나 자신에게까지 거짓말을 했다. 우리 사이의 여러 가지 것들이 바뀌기 시작하고 있었다. 나는 사랑에 빠질 수 없었다. 그렇다. 나는 그럴 수 없었다. 내 안 깊은 곳에 있는 목소리가 울부짖었다. 아니야. 그 목소리가 말했다. 네가 속한 사람은 사라야. 너는 오로지 그애에게 속해 있어, 알겠어? 하지만 막심은 이미 나에게 없어서는 안 될 존재가 되어 있었다.

나는 열여섯 살이 거의 다 되어갈 때까지 사랑을 알지 못했다. 부모님과 몇 안 되는 친구들이 가져다준 것 말고는 다른 사랑을 알지 못했다. 나는 단순한 입맞춤을 할 때 느끼는 감정은 물론 사랑의 열정에 관한 모든 것에 무지했다. 그러므로 사랑한다는 개념은 내게 불가해한 것이었다.

우리 반 여자아이들은 대부분 이미 처녀가 아니었다. 사라는 특히 더 심했다. 그때 나는 그애의 사랑놀음들, 그리고 그애에게 가 닿는 남자아이들의 욕망 어린 시선들을 질투하고 있었다. 나에게는 이따금 하찮은 눈짓만이 와 닿을 뿐이었다. 어느 누구도 나를 사랑하지 않았고, 나는 내가 남자아이들에게 사랑을 줄 능력이 없다고 느꼈다. 그런 생각이 나를 두렵게 했다. 왜냐하면 내가 누군가에게, 그러니까 사라에게 느꼈던 특별한 감정이 시간이 흐름에 따라 병적이고 지독한 강박으로 변했기 때문이다.

나는 막심을 사랑하지 말아야 했다. 그애는 아니었다. 막심을 사랑하면 나는 그애를 고통스럽게 할 것이었다. 막심은 이미 나에 대해 너무 잘 알고 있었다. 아마도 그애는 내가 완전히 미쳤다는 것, 그리고 나에 대해 떠도는 소문들이 근거 없는 것이 아니라는 것도 다 알고 있을지 몰랐다. 그러나 막심은 자기가 나에게 질문할 때 내가 침묵을 지킴에도 불구하고 나에게 매달렸고, 나의 모든 것을 알기를 원했다. 막심은 자기가 내 마음을 읽을 수 있다고 말했다. 그애는 나를 얼마나 감동적이고 흥미롭게, 한마디로 말해 얼마나 매력적으로 여겼던가. 나는 그만 하라고 막심에게 침묵중에 애원했다.

나는 이미 막심에게 나쁜 짓을 했다. 우리의 관계가 나와 사라와의 관계와 비슷하게 되지나 않을까 하는 두려움 때문에 나는 막심을 사랑하는 것을 스스로 거부했다. 그런 상황에서 미래란 나를 두렵게 할 뿐이었다.

내가 도망가기로 결정한 것은 바로 그런 이유 때문이었다.

나는 부모님이 좀더 공부하라는 이유로 금지한다는 핑계를 대고—사실 부모님은 전혀 상관하지 않았다—방과후 그애와 카페에 가는 것을 거절했다. 그리고 그토록 좋아했던 그애 집에서의 점심식사도 거절했다. 나는 나를 떠나지 않는 막심의 시선을 피하고, 한때 나를 사로잡았던 그애의 말에 더이상 관심을 갖지 않으려고 온갖 노력을 했다. 그렇게 어느 정도 시간이 흐른 후, 나는 막심이 더이상 존재하지 않는다고 생각하기로 결심했다.

내가 그애를 아껴주고 싶다는 것, 그것이 진실이었다. 막심은 나에게서 멀어져도 행복할 수 있었다. 나는 그렇게 나 자신을 설득했다.

11월의 어느 저녁, 매우 추운 날이었다. 밤이 왔고, 나는 지하철 안으로 밀려들어갔다. 에밀 졸라 역에서 내리자, 추위가 혹독하게 내 몸을 파고들었다.

나는 길을 계속 갔다. 그리고 집 앞에 도착했을 때, 내 뒤에서 어떤 목소리가 들렸다.

"샤를렌! 잠깐만. 우리 이야기 좀 해. 나 좀 봐, 부탁이야."

막심이 거기 있었다. 가로등 불빛 아래 꼼짝 않고 선 채. 막심은 나에게서 아주 가까운 곳에 서서 무표정한 얼굴로 나를 바라보고 있었다. 금발 머리에는 눈이 쌓여 있었다.

"너, 나를 따라온 거니?"

"그래."

"그러지 말았어야 했어. 날 그냥 내버려둬."

"너랑 얘기하려면 이 방법밖에 없었어."

"좋아. 그럼 말해봐."

"말해야 하는 건 오히려 너잖아."

"그래서 내가 어떻게 했으면 좋겠는데?"

나는 막심에 대해 아주 잘 알았다. 그러나 나는 그애에게 내 심정을 고백하기가 싫었다.

"시치미 떼지 마, 샤를렌. 너는 나를 피하고 있어. 고의적으로 나를 피하고 있다구. 나는 알 수 있어."

"네 말을 이해 못 하겠어. 지난번에 내가 설명했잖아. 우리 부모님이 아주 엄격하셔서……"

나는 거기까지 말하다 말을 멈췄다. 꿰뚫는 듯한 막심의 시선이 나를 아프게 했기 때문이었다. 나는 가버리라고, 내 삶에서 사라져버리라고 그애에게 외치고 싶었다. 하지만 그러는 대신 나는 밤의 침묵 속에서 다음과 같이 중얼거리는 것으로 만족했다.

"너, 집으로 돌아가는 게 좋겠다. 내가 바쁘거든. 이제 그만 가줄래?"

"샤를렌, 혹시 무슨 일이 생긴 거니?"

진실이 내 입술을 태우는 것 같았다. 막심은 내 쪽으로 더 가까이 다가왔다. 그애의 손이 내 팔을 잡았다.

"그래, 좋아. 네가 그렇게 말하니까 솔직하게 이야기할게. 우리는 더이상 친구로 지내지 말아야 해. 계속 친구로 지내게 되면 네가 괴로울 거야. 너는 그보다는 더 가치 있는 아이니까. 너, 나에 대해서 떠도는 소문들 들었니? 물론 들었겠지, 열세 살 때 내가 자살하려고 했다는 거. 사실이야. 너도 알겠지만 나는 다른 아이들과 달라. 내가 왜 이 이야기를 너에게 해야 하는지 모르겠다. 가버려. 나에게 가까이 오지 마. 나는 너에게 맞는 여자아이가 아니야. 너의 우정에 합당한 애가 아니라구. 너에겐 나 같은 아이와 함께하느라 시간을 낭비하는 것보다 훨씬 더 좋은 일들이 많이 있을 거야. 분명해. 열여섯 살이라는 나이를 잘 활용하고, 다른 친구를 만나고, 즐겁게 지내도록 해. 부탁이야, 막심. 너를 자유롭게 놓아주어야 하는데, 내가 너에게 너무 집착했어……"

"그만 해."

갑작스럽고도 거친 막심의 목소리에 나는 소스라쳤다. 그때 막심이 나에게서 불과 몇 센티미터밖에 떨어지지 않은 곳에 서 있다는 것을 인식하지 못하고 있었던 것이다. 나는 막심의 숨소리를 느꼈다. 침묵 속에서 그애의 팔이 나를 꽉 붙잡았다. 부드러운 고통이 내 뱃속을 가득 채웠다. 하지만 그것은 두려움이 아니었다. 나는 막심이 나를 끌어당겨 내 몸을 꼭 끌어안도록 내버려두었다. 막심은 그때까지 아무도 가져다주지 않았던 사랑의 열기를 나에게 선물했다.

우리는 강렬한 행복감을 서로 나누었다. 그리고 그 행복은 달이 갈수록 더해갔다. 나는 그때까지 그것과 비교할 만한 경험을 해본 적이 없었다. 나는 정상적인 아이가 되었다. 고등학교 교문 앞에서 매일 마주치는, 다른 아이들과 똑같은 여자아이가. 나는 내가 살아 있다고 느꼈다. 나는 나 자신을 견디고, 나 자신을 받아들이고, 심지어는 나 자신을 사랑하기 시작했다. 그리고 나는 막심을 사랑했다. 잘못된 색조 없이, 예기치 않은 일탈 없이, 강박증 없이, 증오 없는 사랑을 했다. 세상에서 가장 소박하게. 다른 사람들이 그렇게 하듯이.

나는 사라를 잊을 정도로 막심을 사랑했다. 그애의 존재에 대해 관심이 없어질 때까지. 내 안 깊은 곳의 작은 목소리를 더이상 듣지 않게 될 때까지. 내가 영원히 승리했다고 믿게 될 정도로.

막심의 품은 내게 안정을 주었고 다정했다. 나는 막심의 손을 잡고 시내를 걸을 때 그애의 스웨터에서 풍기는 향기를 호흡했다. 그애 곁에 머무르는 것, 그애의 얼굴과 손을 자세히 살펴보는 것, 그애의 체취를 맡는 것, 그애의 입 언저리를 관찰하는 것, 그런 작고 세세한 것들이 나를 행복하게 했다. 나는 웃는 것을, 더이상 눈을 내리깔지 않는 것을 배웠다. 막심이 나를 뚫어지게 바라보며 내 귓속에 "사랑해" 하고 속삭이도록 내버려두는 것을, 그애의 약속들, 그애의 말 하나하나를 믿는 것을 배웠다. 나는 사는 법을 다시 배우고 있었다. 소박하게 사는 법을.

그리고 나는 그것이 사랑하는 것이 아닐까 생각했다.

얼마간의 시간이 흐른 뒤, 막심은 우리 부모님을 만나고 싶어했다. 나는 그 문제에 대해서는 미처 생각을 못 하고 있었다. 그때까지 나는 부모님에게 그다지 속내를 털어놓지 않고 지내고 있었기 때문에, 부모님에게 남자친구를 소개한다는 것이 편치 않게 느껴졌다. 내 부모님은 막심에 대해 그리 잘 알지 못했다. 아마도 딸에게 그가 단순한 친구 이상이라는 것 정도만 알고 있었을 것이다. 하지만 막심이 우리 부모님을 꼭 만나겠다고 고집했기 때문에 나는 그애의 제안을 받아들였다.

막심은 저녁 일곱시에 우리집 앞에 도착했다. 내가 현관문을 열어주었다. 우리 부모님 앞이어서 수줍었는지 막심은 내 뺨에 가볍게 입만 맞췄다. 막심은 겁먹고 서투른 태도로 우리 엄마에게 파란 꽃다발을 내밀었고, 아버지에게는 봄드브니즈* 한 병을 건넸다.

우리 부모님은 막심을 보자마자 마음에 들어했다. 막심의 순박함, 솔직함, 유머감각, 삶에 대한 긍정이 더할 수 없이 내 마음을 흡족하게 했다. 우리 부모님은 최근 몇 달간 내가 그토록 변한 것이 얼마간은 막심 덕분이라는 것을 인정하지 않을 수 없었다. 그날 저녁 어느 순간, 마치 시간이 멈춘 듯했다. 그들이 거기 있었다. 막심, 부모님, 바스티앵, 내가 사랑하고 나를 사랑하는 모든 사람. 나는 그들과 함께 있었다. 그리고 내가 행복하다는 것을 실감했다.

밤 아홉시에 우리는 저녁식사를 마쳤고, 막심과 나는 둘이서 손을 잡고 추위가 극심한 밤 속으로 나왔다. 막심은 우리 부모님이 아주 좋은 분들이라고, 엄마는 매력적인 분이시고 아버지는 유머감각이 넘친다고 나에게 말했다. 그리고 나에게 사랑한다고 말했다. 그애는 그 말을 여러 번 되풀이했다. 우리는 우리의 오랜 습관대로 아르모니 가의 카페 안에서 잠시 쉬었다가 인적이 드문 길가의 포도 위를 걸었다. 밤의 한가운데에서, 그애 집에 도착할 때까지. 막심은 나에게 잠깐 들어갔다 가라고 했다. 나는

---

* 포도주의 일종.

잠깐 망설였지만 결국 막심에게 손을 잡힌 채 그애의 방까지 따라 들어갔다.

방은 이상한 평온에 잠겨 있었다. 밖에서는 따닥따닥 소리를 내며 다시 비가 내리기 시작했다. 방 안이 어두워서 막심이 내 옆에 아주 가까이 있는데도 그애의 얼굴을 잘 알아볼 수 없었다. 나는 막심의 몸에 기대선 채, 비 냄새와 침묵 속에서 나를 부르는 막심의 땀 냄새를 들이마셨다.

나는 부드럽게, 소리내지 않고 막심의 서투른 몸짓에 나를 길들였다. 그리고 그애의 떨리는 손에 조금씩 내 몸을 맡겼다. 이제 그 순간이 되었다는 것을 알았을 때, 내가 몸을 허락할 준비가 되었을 때, 나는 더이상 생각하지 않기 위해 눈을 감았다.

"안심해. 널 사랑해."

나를 사랑한다는 막심의 부드러운 목소리가 떨림을 진정시키며 내 머릿속을 채웠다. 그리고 동시에 나는 내 안으로 천천히 들어오는 고통을 느꼈다. 그리고 고통은 이내 조금씩 잦아들었다. 우리가 서로 결합하여 한몸이 되는 동안 나 자신은 죽었다. 그리고 나는 그애의 심장이 내 심장을 소생시킬 수 있다는 듯 큰 소리로 고동치는 것을 들었다.

사랑을 나눈 후, 막심은 불을 켜고 담배 한 대를 집어들었다. 나는 그애를 만지지 않고 등을 돌린 채 침대 한쪽에 가만히 누워 있었다. 나는 창 밖에 내리는 비를 바라보았다. 우리는 아무 말도 하지 않았다. 막심이 다가와 나에게 몸을 맞대고는 자기를 사랑하느냐고 물었다. 막심의 몸은 아주 뜨거웠다. 나는 내 몸 위에서 떨고 있는 그애의 숨소리를 느꼈다.

막심이 이야기를 하기 시작했다. 하지만 나는 그애의 말을 듣고 있지 않았다. 어떤 불안 같은 것이 내 뱃속에 달라붙어 있었던 것이다.

"할 말이 있어, 막심."

나는 그애를 향해 몸을 돌렸다. 그애의 반짝이는 시선에 눈이 부셨다. 나는 중얼거렸다.

"가끔 나는 내가 사랑하는 사람을 죽이는 꿈을 꿔."

나는 막심도 그럴 거라고 생각하며 웃음을 터뜨렸다. 하지만 막심은 아무 말도 하지 않고 가만히 있었다. 그애의 시선이 그때처럼 나를 겁나게 했던 적은 없었다.

게임에서 지다

다섯 달 동안 나는 행복을 믿었다. 희망을 가지고, 확신을 가지고 열렬히 그것을 믿었다. 나는 행복을 좋아하게 되었고, 조만간 그 행복이 나를 떠나갈지도 모른다는 것을 거부했다.

그러나 행복이 떠난 것이 아니었다. 도망쳐버린 것은 오히려 나였다.

막심과 나, 우리 둘이 서로 사랑했던 그 시간 동안 사라에 관한 일은 모두 끝났다고 생각했다. 나는 내 사랑을 다른 대상으로 옮기는 일에 성공했던 것이다. 내게 사랑을 주고, 내게 사는 법을 다시 가르쳐준 누군가에게로. 그러나 사실 끝난 것은 아무것도 없었다. 어느 순간, 그리고 또 다음 순간, 강박증이 수면 위에 다시 모습을 드러낸 것이다. 예전과 다름없이 강렬하고 집요한 고통, 예전과 같은 강도의 광기는 쉽게 사라질 줄을 몰랐다. 사라 또한 나를 자기의 삶으로부터 말소시키려 하지 않았다. 사라는 막심을 그가 속한 사람—나—으로부터 빼앗기 위한 가장 적절한 순간을 선택했다.

그것은 5월의 어느 금요일, 학교 교문 앞에서였다. 사라가 나에게 다가와 말을 걸었다. 당시 나는 이미 그애 목소리만의 고유한 톤을 거의 잊고 있는 상태였다.

"안녕, 샤를리? 음, 잘 지내니?"

나는 눈을 들어 사라를 미심쩍은 눈으로 바라보았다. 사라는 나를 쫓아오기 위해 빠른 걸음으로 걸어왔고, 이제는 나에게서 가까운 곳에 서 있었다. 사라는 뭔가 뉘우칠 것이라도 있는 듯한 태도로 나를 바라보았다. 그애가 내 앞에서 그토록 어쩔 줄 몰라 했던 것은 정말 그때가 처음이었다. 나로 말하자면, 완전히 어리둥절했다.

사라는 나에게 그 동안 어떻게 지냈느냐고 물었다.

"네가 막심과 함께 다니기 시작한 뒤로 우리 둘이 많이 멀어진 게 사실이야. 이젠 모든 게 예전 같지 않구나."

사라는 나를 보니 자기 마음이 좋다고 덧붙였다.

"넌 지금 참 밝아 보여. 잘 지내고 있는 것 같아. 넌 그럴 가치가 있어, 샤를리. 정말이야."

사라는 계속해서 말했다.

"그런데 난 말야. 그 동안 정말이지 잘 지내지 못했어. 1월에 우리 할머니가 돌아가신 거 알지? 그 일이 있고 나서 집안 형편이 나빠졌어. 우리는 할머니에게 많이 의지하고 있었거든. 그리고 아마 너도 알았을 거야. 얼마 동안 반 아이들이 내게서 등을 돌렸던 것 말이야. 그러니까 소문들 말야. 너 알지? 내가 그 소문들을 참고 견뎠던 거. 치사한 공격과 온갖 모욕들을 말이야. 아이들이 너에게 그런 짓을 했던 건 정말 심한 일이었어."

"이해할 수 있어, 사라."

사라는 자기가 그 동안 우리의 관계에 대해, 우리의 우정에 대해 많이 생각했다고 덧붙였다. 그애는 일이 그렇게 된 것에 대해 너무도 미안해했다. 아마도 그애는 예전처럼 나에게 자기의 속내 이야기를 털어놓을 수 있기를 원했으리라.

"물론 지금은 이해가 돼. 우리의 관계가 항상 쉬운 건 아니었던 게 사실이니까. 하지만 이젠 다 과거야. 우리 둘 다 그 동안 많이 성숙했잖아."

그리고 사라는 이런 말도 했다.

"사과할게, 샤를렌. 내가 너에게 한 모든 것들에 대해서."

사라가 그 말을 한 순간, 내가 아닌 누군가라면 분명 승리를 외쳤으리라. 그리고 아무것도 용서하지 않았으리라. 그러니까 나는 망설이지 말고 처음으로 이 적수를 마주 보아야 했다. 나는 승자로서 머리를 높이 쳐들고 후회 없이 그 도전으로부터 걸어나왔어야 했다. 그러나 그렇게 하지 않았다. 반대로 나는 최악의 실수를 저질렀다. 그애에게 다시 빠져든 것이다. 나는 사라에게서, 그애의 눈 속에서 읽히는 슬픔에 동정을 느꼈다. 나는 그애에게 졌다. 비겁하게도 내 광기와의 영원한 동맹에 도장을 찍으며 그애를 동정했던 것이다.

사라는 오는 토요일에 자기네 집에 자러 오라고 제안했다. 우리가 아이였을 때 그랬던 것처럼, 얘기도 하고 우리 둘의 관계를 '회복하기 위해서' 말이다.

좋아, 사라. 가겠어. 약속할게.

나는 그렇게 해서 12구에 있는, 내가 너무도 잘 알던, 침묵이 내리누르고 어슴푸레한 빛으로 가득 차 있으며, 어디서도 맡아본 적이 없는 향기가 나는 그 작은 아파트를 다시 방문하게 되었다. 우리의 비밀스러운 중얼거림은 사라 방의 어슴푸레한 빛 속에서 마치 아무것도 그것을 중단시킨 적이 없었던 것처럼 다시 시작되었다. 그리고 나는 그애가 터뜨리는 웃음소리를 다시 들었고, 나에게 자기 속마음을 털어놓을 때 그애가 흘리는 눈물의 고통을 느꼈다. 다음날 잠에서 깨어났을 때, 나는 내 얼굴 가까이 있는 그애 머리칼에서 나는 향기를 맡았고, 그애의 맑은 목소리를 들었고, 그애의 관능적인 눈빛을 보았다. 모든 것이 다시 시작되었다.

나는 그렇다고 믿고 싶었다. 나는 내가 변한 것처럼 사라도 많이 변했다고 나 자신을 설득시켰다. 나는 우리가 열세 살 때의 우정을 되찾기를 바란다고, 우리를 떼어놓았던 증오를 잊기를 바란다고 생각했다. 나는 그렇다고 믿고 싶었다. 그리고 그렇다고 믿었다.

나는 내가 과거에 겪었던 일들이 그리 심각한 것이 아니라고 확신했다. 이제부터 사라와 나는 동등했다. 요컨대 우리 사이에는 승자도 패자도 없었다. 이제 나에게는 막심과 사라가 있었고, 내 행복은 완전한 것이 될 것이었다. 안정감이 다시 내 삶을 지배했고, 더이상 아무런 걱정이 없었다. 나는 승리한 것이었다.

하지만 사실 나는 다가오는 일들을 보지 못했다. 아니, 내가 그것을 이해하기를 원치 않았다는 말이 옳을 것이다.

"무슨 일이야, 샤를렌? 무슨 생각하는 거야? 말해줘."

막심의 목소리가 적막을 깨뜨렸다. 나는 막심의 몸에 내 몸을 꼭 붙이고 있었다. 우리는 서로 끌어안고 있었던 것이다. 나는 뭐라고 대답해야 할지 알 수 없었다. 막심의 염려를 어떻게 잠재울까? 나에게는 그럴 힘이 없었다.

"아무 일도 없어, 막심. 정말이야. 모든 게 좋아."

"샤를렌, 부탁이야. 그 아이의 꾐에 다시 빠지지 마. 무슨 일이 일어날지 너무나 잘 보이는 것 같아."

"아니야. 그렇지 않아. 사라는 변했어. 이제 예전과 달라. 사라는 우리 둘이 다시 친구가 되기를 원해."

"나는 못 믿겠어. 내가 만약 너라면, 그애를 조심하겠어."

"내가 하는 대로 그냥 내버려둬."

나는 갑작스럽게 침대에서 몸을 일으켰다. 아무 말 없이, 눈길도 주지 않고 나는 흥이 깨져버린 막심의 눈앞에서 다시 옷을 입었다.

"가봐야 해. 사라가 기다리거든. 오늘 저녁에 그애 엄마와 함께 셋이서 식사하기로 했어. 안녕."

나는 막심의 입술에 차가운 키스를 했다. 나는 마지막 필사적인 외침처럼 "사랑해"라고 말하는 막심에게 대답할 겨를도 없이 그애를 뒤로 하고 밖으로 나갔다.

아니다. 나는 다가오는 그 어떤 것도 보지 못했다.

나는 사라의 유회 속으로 다시 끌려들어갔다. 나는 사라의 약속을 모두 믿었다. 나는 방심했다. 나는 그애가 자기의 슬픔을 털어놓는 것을 들었고, 그애가 오랫동안 울 때면 내 품에 그애를 안았으며, 너무도 당연하다는 듯 내가 할 수 있는 것 이상으로 그애를 돕겠다고 약속했다. 나는 우리 우정의 이름으로 맹세

했다.

마침내 사라는 모든 것이 내 잘못이라고 나를 설득시키는 데 성공했다. 내가 그애의 괴로움에 책임이 있는 유일한 사람이었다. 사라는 그러기로 결정했고, 나는 내 죄를 변호해야 했다.

그리고 약속한 것처럼 나는 사라를 도왔다. 나는 그애 엄마가 빚을 갚도록 몇 달간 용돈을 쓰지 않고 모두 모으고, 아르바이트 자리를 구했다. 또한 사라의 예전 친구들을 모두 찾아다니며 사라가 많이 변했다고, 사라는 좋은 아이라고 설득했다. 나는 사라의 이야기를 들어주는 데 내 시간을 몽땅 할애했다. 막심과 함께 보내야 할 시간까지. 나는 모든 것을 주었다. 모든 사랑, 모든 힘, 내게 있는 얼마 되지 않는 용기와 의지력까지. 내가 자기 옆에 있어주는 가장 좋은 친구라고, 가장 자기 마음에 드는 사람이라고, 그리고 언제까지나 그럴 것이라고 그애가 다시 말하게 하기 위해 무슨 일이든 했다.

아주 부드럽게, 예고도 하지 않고, 단순히 그애가 잘 지낸다는 것을 확인하고 안심하기 위해 나는 사라의 움직임 하나하나를 다시 지켜보기 시작했다. 그리고 그것은 아주 빠른 속도로 다시 강박적이 되어갔다. 그렇게 모든 것이 다시 시작되었다. 사라는 다시 웃기 시작했고, 주말과 저녁 시간을 내가 알지 못하는 곳에서, 내게 함께 가자고 제안하지도 않고 자기보다 훨씬 나이 많은 친구들과 어울려 보내기 시작했다. 나는 그들이 싫었다. 다시 모든 것이 명백해졌다. 사라가 나를 무시했으므로, 나는 이제 두번째로 죽은 것이었다. 시간이 좀더 흐르자, 나는 억제할 수 없는 욕망에 사로잡혀 한밤중에 사라에게 전화를 했다. 그것은 오로지 그애의 목소리를 들음으로써 그애가 다른 사람과 함께 있지 않고 자기 집에 잘 있다는 것을 증명받기 위해서였다. 그 후 그애 집에 가게 되었을 때, 나는 그애의 물건을 훔치고 그애의 서랍을 뒤지고 싶은 유혹에 저항할 수가 없었다. 그애가 나에게 거짓말을 하거나 뭔가 숨길 가능성이 다분했기 때문이었다. 사라는 순식간에 역할을 뒤바꿀 줄 알았다. 이제 그애가 나를 안심시켜줘야 했고, 나는 그애의 관심을 애원하며 그애 앞에 다시 무릎을 꿇어야 했다.

마침내 내가 상황을 파악했을 때는 이미 너무 늦었다. 사라는 나를 이용했다. 사라는 그저 나쁜 상황에서 빠져나오기 위해 내가 필요했던 것이다. 사실 그애는 전혀 변하지 않았다. 나는 어떻게든 하기 위해, 이번에는 내가 사라를 파멸시키기 위해 그애가 약해진 순간을 이용할 수도 있었으리라. 하지만 나는 무력한 채로 남아 있었다. 그래야 한다고 믿었다. 내가 나의 끔찍한 실패를 받아들여야 했을 때, 내가 그애의 심각한 배신을 실감했을 때, 증오는 또다시 예전보다 더욱 강력하고 고통스럽게 나를 움켜잡았다. 나는 모든 것을 잃었다. 사라는 나를 죽였다.

　6월이 지나자, 모든 것이 균형을 잃고 뒤집혔다. 여름이 왔다. 아름답고 태양이 찬란한 여름이었다. 나는 집에, 내 방 안에 처박혀 있었다. 나는 계속해서 걸려오는 막심의 전화를 무시했다. 그 대신 매일 사라에게 전화를 했다. 하지만 수화기 저편에서는 자동응답기에 녹음된 목소리만 들려올 뿐이었다. "안녕하세요. 사라와 마르틴의 집입니다. 우리는 지금 집에 없습니다. 삐 소리가 울리면 메시지를 남겨주세요. 가능한 한 빨리 연락드리겠습니다. 감사합니다." 짤막한 신호음이 울렸다. 나는 아무 말도 하지 않고 가만히 있었다. 예정된 시간이 지나고 다시 긴 신호음이 울리자, 나는 수화기를 내려놓았다. 나는 사라의 존재를 찾으며 시간을 보냈다. 전화, 방문, 편지, 어떤 방법이든 좋았다. 나는 사력을 다해 그애에게 편지를 썼다. 무슨 말이든, 내 작은 삶을 혼란에 빠뜨리는 아주 작고 사소한 일까지도 편지에 적었다. 편지지를 채울 이야깃거리가 고갈되면, 일부러 지어내기도 했다. 나는 사라가 무슨 일을 하고 있는지, 누구와 어디에 있는지, 그애가 행복한지, 나를 생각하는지, 나를 보고 싶어하는지 나 자신에게 물었다. 며칠, 몇 주가 흘렀다. 새로운 소식은 없었다. 그렇게 편지를 보냈음에도 불구하고 편지함은 계속 비어 있었다. 대신 더이상 열어볼 용기가 나지 않는 막심의 편지만 도착할 뿐이었다. 나는 아마도 주소가 잘못되었을 거라고 자신을 위로했다. 주소가 잘못되어서 사라가 내게 보낸 우편물이 어디에선가 분실되었을 거라고 말이다. 나는 사라에게서 연락이 없는 것에 그런 설명을 갖다붙였다. 사라의 존재 없이 사는 것은 견딜 수 없었다. 강박증이 나를 갉아먹었다. 하지만 나는 그애가 돌아오리라는 것을 알고 있었다. 그애가 나를 완전히 버리지 않았다는 것을, 조만간 우리는, 그애와 나는 다시금 하나가 되리라는 것을 알고 있었다.

목소리가 다시 솟아올랐다. 나는 문득 스스로에게 말하고 있는 나 자신을 깨달았다.

"빌어먹을! 대체 내게서 뭘 원하는 거야? 내가 내 인생을 살도록 좀 조용히 내버려둘 수 없어?"

—내가 하는 대로 가만히 둬. 모든 걸 이렇게 만든 건 너야. 이 모든 것에 대한 책임이 바로 너에게 있다구. 되돌아가는 건 이제 불가능해. 너무 늦었어.

"뭘 원하는 거야? 이렇게 나를 괴롭히면서 네가 찾는 게 도대체 뭐냐구!"

—간단해. 네가 굴복하기만 하면 돼. 내가 너에게 요구하는 걸 일단 네가 해내기만 하면 모든 게 달라져. 약속할게. 그렇게

만 되면 다시는 너를 성가시게 하지 않을 거고, 너는 더이상 나라는 존재 없이 세상을 보게 되고 네가 이해하는 대로 세상을 살아갈 수 있을 거야.

"널 사라지게 하려면 어떻게 해야 하는지 말해줘."

─나는 사라가 내게 거짓말을 하는 게 확실한지 알고 싶어. 그애는 내게 뭔가 숨기고 있는 것 같아. 나는 네가 그애를 염탐하기를 원해. 그애의 뒤를 밟아 그애에게 일어나는 일과 그애가 뭘 하는지 모조리 알아내기를 원해. 그애가 굴복할 때까지 말이야. 너는 그애보다 강해야 해. 너에게 애원하고 용서를 구하는 사람은 바로 그 아이여야 한다구. 그래서 그애가 온전히 너에게 속한다는 것을, 우위에 있는 사람은 너라는 것을 네가 확신하게 되면, 그애가 자신이 우리 둘에게 겪게 한 그 모든 일에 대한 대가를 치르도록 만들기만 하면, 그러면 나는 사라질 거야.

"약속할 수 있어?"

─약속해.

7월의 어느 아침, 나는 사라의 집 전화번호를 누르고는 불안한 마음으로 신호음이 서너 번 울리기를 기다렸다. 자동응답기가 막 작동하려는 순간, 꿈속처럼 사라의 목소리가 들려왔다. 나

는 몸을 떨기 시작했다. 순간 나는 전화를 끊을까 생각했다. 그
때 사라가 불쑥 말했다.

"샤를렌, 너라는 것 알아."

"……"

"샤를렌?"

"내 편지들 받았니?"

"응, 그리고 말없이 끊은 전화들도. 또 자동응답기에 남겨놓
은 메시지도. 백 개 정도는 되는 것 같더라. 넌 방학 동안 그 일
만 한 것 같던데? 내가 경찰을 불러야 했던 거 아니? 그게 전부
네가 한 짓이라는 걸 알았을 때, 난 우리 둘이서 결판을 내야겠
다고 생각했어."

"넌 항상 없었어…… 나는 네가 어디 있는지 알 수 없었다구."

"나는 친구들과 함께 남부 지방에 있었어. 누군가 우리에게
선착장 하나를 빌려주었거든. 알고 싶을지 모르지만, 정말 기막
히게 멋졌어. 너도 이해하겠지만 너를 데려갈 수는 없었어. 내
친구들이 곧 너의 친구들은 아니니까. 그리고 분명히 말해두지
만 내 친구들은 너를 괜찮게 생각하지 않아."

"나에게 미리 알려줄 수도 있었잖니."

"대체 뭘 바라는 거니? 내가 여름 휴가에 너를 데려가는 것?
너에게 아무 말도 하지 않은 건 마음이 내키지도 않는데 너를 초

대하고 싶지 않았기 때문이야. 그리고 만약 초대했다 해도 어떻게 되었을지 뻔해. 너는 멀리서 나를 감시하면서, 친구들이나 남자친구와 함께 있는 나를 혼란에 빠뜨리기 위해 갖은 애를 쓰면서, 한마디로 말해 내 휴가를 망쳐버리면서 시간을 보냈겠지. 나는 누구보다도 널 잘 알아. 너의 강박적인 질투심, 편집증, 그 모든 이상한 행동들을 말야. 그리고 내가 다시 한 번 그것들을 겪게 되리라는 건 분명해. 내가 너의 과녁이 된 건 아주 오래 전부터니까 말야."

"너는 나에게 전혀 연락하지 않았어. 그래서 걱정이 되었다구."

"좋아, 샤를리. 돌려서 말하는 것도 이젠 지긋지긋해. 그러니까 이제부터 내가 하는 말을 잘 들어. 너랑 나, 그러니까 우리 둘은 오래 전부터 이미 친구가 아니야. 잘 기억해둬. 너는 분명 받아들이고 싶지 않겠지만, 난 솔직하게 말해야겠어. 내가 열두세 살 때 했던 어린애 같은 짓들로 말하자면, 그러니까 아이들 장난일 뿐이었어. 나머지는 아무것도 아니야. 그것들은 중요하지도 않아. 나는 너한테 전혀 관심 없어. 너의 삶, 너의 생각에 대해서도 마찬가지야. 나는 너를 빨리 잊어버릴 거야. 그러니까 나에게 더이상 신경쓰지 마. 만약 그럴 수 없다면, 그것처럼 안된 일도 없겠지. 하지만 난 상관없어."

"너에겐 그럴 권리가 없어. 그런 말을 할 권리가 없다구. 그럼

170

내가 너를 위해 한 그 모든 일들은……"

"아, 제발 그 잘난 옛날 얘기 좀 다시 듣고 나오지 마. 그건 너무나 쉬운 얘기 아니니? 이젠 더이상 통하지 않아. 네가 자살이나 그와 비슷한 바보짓을 시도하면서 나를 굴복시키던 시절은 이제 끝났어."

"……"

"그래, 이 문제에 대해 더 할 말 있니?"

"미안해."

"그 말 할 줄 알았어. 너는 몇 년 전부터 나에게 그 말만 반복하는구나. 미안하다는 말 말이야. 그 말도 이젠 질리기 시작했어. 빌어먹을, 너는 너 자신을 보고나 있는 거니, 샤를렌? 내가 너의 그 못 말리는 성격을, 너의 성가신 어린아이 같은 사이코드라마를, 예측할 수 없는 너의 변덕을 받아준 지도 벌써 사 년째야. 이제 충분해, 알겠어? 나는 이제 성숙했어. 너를 돕기 위해 할 수 있는 걸 다 했어. 하지만 아무짝에도 소용이 없었지. 너는 정신적으로 너무 편협해."

"사라!"

"난 육 개월 후에 미국으로 갈 거야. 장학금을 받게 됐어. 아무에게나 주어지지는 않는 기회지. 아주 가버릴 거야. 우리 엄마랑 내 남자친구도 함께 갈 거야. 아버지도 우리와의 관계를 다시 회복시키고 싶어하서. 내가 미국에 가지 못하게 설득할 수 있을 거라고는 생각도 하지 마. 나는 살려고 떠나는 거야. 너에게서 도망쳐 내가 사랑하는 사람들을 위해 살려고 말이야. 너의 존재는 내가 성숙하는 걸 방해해. 너는 아직도 어린애야. 더이상 너를 감당할 수가 없어. 물론 나는 어떤 점에서는 네가 내 뒤에 있지 않으면 숨쉴 수가 없지. 하지만 너는 나를 숨막히게 해. 나에겐 지금 네 뒤치다꺼리나 하는 것보다는 더 가치 있고 좋은 일들이 많아. 샤를렌, 우리는, 너와 나는 너무 달라. 나는 공간이 필요하고 삶이 필요해. 하지만 너는 칸막이 안에 갇힌 채 사는 것밖에 모르지. 네가 이런 식으로 영원히 나에게 매달린다면, 나는 절대로 발전할 수가 없어. 너는 나를 숨막히게 해. 그러니까 나를 내버려줘. 그럼 안녕."

어렴풋한 소음이 들리더니, 그 다음엔 아무것도 들리지 않았다. 목소리도 없었고 사라도 없었다. 오직 공허뿐이었다. 전화의 신호음이 간헐적으로 들려왔다. 나는 그 소리를 몇 분간 듣고 있다가 수화기를 내려놓았다.

나는 울지 않았다. 소리를 지르지도 않았고 어떤 행동을 취하지도 않았다. 잠시 후, 나는 옷을 갈아입고, 재빠르게 머리를 빗고, 선글라스를 이마 높이 쓰고 가방을 둘러멨다.

"저 나가요, 엄마. 기다리지 마세요."

나는 등뒤로 방문을 닫고 걸어나갔다. 내 발소리가 타는 듯한 포도 위를 울렸다. 나는 아르모니 가의 카페까지 걸어가, 종(鐘)이 달린 문을 밀어 열었다. 그리고 사람들로 꽉 찬 홀 안을 주욱 둘러보았다. 거기, 나에게서 몇 미터 떨어진 곳, 우리가 항상 앉던 테이블에 막심의 모습이 보였다. 그애는 창문 쪽으로 고개를 돌린 채 길 쪽 허공에 시선을 고정하고 있었다. 나는 막심에게 다가가 말을 걸었다.

"앉아도 되니?"

막심이 내 쪽을 돌아보았다. 막심의 시선은 집요했다. 그때까지 막심이 그런 식으로 나를 뚫어지게 바라본 적은 한 번도 없었다. 창문을 통해 들어온 햇빛이 그애의 얼굴을 비췄다. 마치 난생 처음으로 그애의 눈을 본 것 같았다. 나는 그애의 파란 눈이 그렇게 짙은지 몰랐다. 정말 진한 파란색이었다. 균일하고 아주 어두운 파란색. 거기에는 형언할 수 없는 고통이 새겨져 있었다. 덩어리가 또다시 내 목구멍을 짓누르기 시작했다.

나는 대답을 기다리지 않고 그애 맞은편에 앉았다. 나는 담뱃갑에 남아 있는 마지막 담배 개비에 불을 붙이고 레모네이드를 주문했다. 나는 막심이 뭐가 이야기하기를 기다렸다. 정작 나는 아무 말도 할 수가 없었던 것이다.

마침내 막심이 입을 열었다.

"어디 있었니? 너에게 백번은 전화했을 거야. 한 달에 스무 통씩 편지를 썼고 말이야. 하지만 아무 소식도 없었어. 아무것도. 네 걱정 많이 했어. 네가 나를 잊었을 수도 있다고 생각하기 전에는 최악의 경우까지 상상했어⋯⋯ 그러니? 말해봐. 정말 그래? 나를 잊은 거야?"

"막심⋯⋯"

나는 막심의 손 위에 내 손을 올려놓았다. 차가운 감촉이 느껴져서 나는 깜짝 놀랐다. 나는 그애의 눈 속을 똑바로 들여다보았다. 그리고 아무 말도 하지 않았다. 마치 침묵이 사태를 진정시켜주기라도 할 것처럼. 나는 재떨이에 담배를 비벼끈 뒤, 막심에게 어디 다른 곳으로 갈 수 없겠느냐고 물었다. 막심은 일어서서 내 손을 잡았다. 우리는 아르모니 가의 카페를 뒤로 한 채 침묵 속에서 막심의 집까지, 아무도 없는 그애의 아파트까지, 그애의 방까지 걸었다. 우리가 사랑을 나누는 내내 나는 그애의 너무 크고 너무 파란 눈에서 단 한 번도 내 눈을 돌리지 않았다. 그때까지 나는 그 눈에서 눈물이 흐르는 것을 한 번도 본 적이 없었다.

사랑이 끝났을 때, 나는 막심을 바라보기 시작했다. 침묵이 지배하던 그 한순간, 사랑에 뒤따르는 베일이 벗겨지는 몇 분간의 일시적인 현기증 속에서 막심이 말했다.

"그럼 이젠 끝이니?"

나는 머리를 끄덕였다.

"그러는 게 좋아. 그게 우리가, 너와 내가 할 수 있는 최선이야."

내가 말했다.

"너는 너 나름의 선택을 한 거야. 내가 더 관여할 수는 없겠지."

막심이 나를 바라보지 않은 채 아주 나지막한 목소리로 내뱉었다.

"이해해줘서 고맙다."

"그럼 이젠 어떻게 할 거니?"

"내 걱정은 하지 마."

"난 여기 있어. 너도 알겠지만. 도움이 필요하면 언제든지 날 불러줘."

"넌 내게 충분히 잘해줬어. 이제 네 삶을 살아. 나에 대해서는 잊어, 제발. 이게 내가 너에게 하는 마지막 부탁이야."

나는 막심의 눈물을 닦아준 뒤 일어섰다. 다시 옷을 입고, 선글라스를 끼고, 머리를 매만진 뒤 가방을 멨다. 그리고 뒤돌아보지도 않고 떠났다.

이제 다 되었다.

나는 막심을 떠났다. 나는 마침내 막심을 나에게서 풀어주었다. 이제 나는 자유로워졌고, 아직 나를 삶에 붙들어두고 있는 유일한 계획에 나를 바칠 수 있게 된 것이다.

네가 잠자는 것을 바라보다

어떻게 해서든 생각을 정리해야 했다. 세상으로부터 완전히 물러나는 것은, 단계를 뛰어넘거나 아무렇게나 행동하지 않기 위해 사태를 좀더 명확히 보고 조용한 가운데 숙고할 수 있는 유일한 방법이었다. 나는 불시에 붙잡히거나 즉흥적으로 행동하지 않기 위해 모든 상황을 예측하고, 지극히 사소한 사건들까지 자세히 예견하고 싶었다. 나는 모든 것이 완벽하고 조직적이고 분석적이기를 바랐다. 내가 지금껏 살아오면서 완벽하게 수행해낸 유일한 일이 있다면 바로 그것일 것이다.

그것은 생각 없이 자행된 일이 아니었다. 나는 모든 것을 계산하고, 모든 것을 예측하고, 모든 것을 연구했다. 그리고 준비가 되었음을 느꼈다. 광기가 나를 인도했고, 나는 그것을 따르기로 결심했다. 나는 마침내 그 광기에 몸과 마음을 바쳤다. 그것이 나를 살게 해주도록.

나는 내 목숨을 다해 가장 결정적인 선택을 내렸다. 물론 사라가 나에게 요구한 대로 그애를 잊을 각오가 되어 있었다. 만약 내가 막심을 계속해서 사랑했다면, 모든 것이 아주 단순하게 돌아갔을 것이다. 나는 우리 두 사람에게 예정된 인생을 살았을 것이다. 지극히 평범하고 단조로운 삶을. 사랑을 하고, 아이를 낳고, 일을 하고, 그밖의 다른 것들을 하면서 사람들이 말하는 행복을 느꼈을 것이다. 하지만 내가 그런 식으로 용서받을 수 있었을까? 정상적인 사람들처럼 행동하려고 노력한다고 해서 자신의 광기로부터 도망칠 수는 없다. 광기는 그 무엇보다도 강하다. 그것은 언제든 수면 위로 떠오르게 되어 있다. 나는 굴복했다. 나는 광기를 잠재우는 유일한 방법은 그것을 정면으로 바라보고 그것의 질서에 따라 행동하는 것임을 깨달았다. 결과는 중요하지 않았다. 어쨌든 종국에 나는 광기에서 해방될 것이었다.

나는 내가 하고 있는 일을 모르지 않았다. 내 의식은 완전히 깨어 있었다. 나는 그것이 끔찍하고 용서받을 수 없는 일임을 알고 있었다. 열여섯 살에 그런 과오를 저지르는 것은 분명 생각조차 할 수 없는 일임을 잘 알고 있었다. 나는 그 일로 인해 내가 가족이나 막심에게, 정상적으로 살 수 있도록 나를 돕기 위해 모든 것을 주었던 그들에게 끼칠 슬픔과 모욕에 대해서도 생각했다. 나는 엉망진창이 될 수밖에 없을 내 운명을 검토했다. 그 행위가 가져올 도덕적 후유증, 혼란, 괴로움, 수치심은 내 인생이 끝날 때까지 나를 따라다닐 것이었다. 나는 그러한 모든 것을 알고 있었다. 하지만 나는 또한 그 상황 앞에서 내게 어쩔 도리가 없다는 것도 알고 있었다. 그것은 나보다 훨씬 강했고, 내가 그것과 투쟁하는 것은 불가능했다. 내가 충분히 완수할 수 있었던 몇몇 행동들은, 그것들이 결정적으로 중요하고 극도로 중대한 것이기도 하지만 내게 남아 있는 유일한 방책들이기도 했다. 나는 가장 무서운, 가장 감당 못 할 결정을 내렸다. 하지만 나는 알고 있었다. 내 정신은 완벽하게 맑았다.

나는 모든 시나리오를, 내가 해야 할 행동 하나하나를 외웠다. 그토록 기다렸던 9월의 그 밤이 올 때까지 한 달 동안 나는 매일 낮 매일 밤 그것을 되뇌었다. 그것만을 위해, 그 최후의 순간만을 기다리며 살았다.

마침내 그해 9월 7일 목요일에서 9월 8일 금요일로 넘어가는 밤이 왔다.

길가를 오가는 사람들의 통행이 낮의 절반 정도로 줄어 있었고, 공기는 무겁게 느껴졌다. 그러나 카페 테라스에는 아직 사람들이 많았고, 보도는 활기에 차 있었다. 마치 파리가 잠들고 싶어하지 않는 것처럼 도시에서는 아직도 소음이 계속 '들려오고 있었다. 첫째 돌발사태였다.

나는 내 방 창문을 통해 길과 잿빛의 지붕들, 그리고 굴뚝들을 바라보았다. 그날 저녁 도시는 아름다웠다. 하늘이 맑게 갠 것이 9월의 하늘 같지 않았다. 하늘은 황혼녘의 빛에 감싸여 있었다. 아주 붉은 부분과 매우 밝게 빛나는 부분이 어우러져 어떤 쪽 하늘은 계피빛을 띤 베이지색이었고, 다른 쪽은 연한 분홍색이었다. 길을 잃은 구름이 들어차 있는 부분은 지붕 위 한 곳을 차지한 채 흐르지 않고 머물러 있었다. 그 높은 곳 어딘가에서 누군가 비밀스럽게 내 모습을 살피고 있는 것 같았다. 이윽고 이상한 일이 하나 일어났다. 난생처음으로 내가 기도하기 시작한 것이다. 내 방 안에서, 창가에 앉은 채 눈을 감고 소리 없이 눈물을 흘리며 나는 하느님께 내가 살인할 준비가 되었음을 고했고, 나를 용서해달라고 간구했다. 그것은 진실로 전혀 예기치 못했던 일이었다.

나는 해가 지기를 기다렸다. 어두운 밤이 되었으면 싶었다. 나는 나 자신을 안심시키기 위해 창가에서 바깥의 동정을 살폈다. 길은 인적이 뜸해졌고 사람들도 사라졌다. 그러나 나는 좀더 참고 기다렸다. 나 스스로 준비가 되었다고 느껴지기를 기다렸다. 물론 몹시 무서웠다. 하지만 그것은 단순한 두려움이었다. 그저 피상적인 것에 불과했다. 드디어 결정적인 순간이 다가왔을 때, 목표가 다가오고 바로 그 시간이 되었을 때, 그때 나는 뱃속에서부터 이상한 현기증 같은 것이 치밀어오르는 걸 느꼈다. 나머지 일들은 두렵지 않았다. 나는 떨지 않았다. 그러나 내 손과 등은 조금씩 흐르는 땀으로 약간 젖어 있었다. 내가 방에서 나갈 순간을 향해 다가가는 일 초 일 초가 내 안에서 괴롭게 나를 짓눌렀다. 나는 일단 시작하면 절대로 돌이킬 수 없다는 것을 잘 알고 있었다. 이윽고 나는 시간이 되었다고 느꼈고, 밖으로 나갔다.

부모님은 이미 세 시간 전부터 잠들어 있어서, 아무 소리도 듣지 못했다. 나는 가능한 한 가장 조심스럽게 내 방 창문을 통해 빠져나갔다. 내 발걸음 소리가 길의 침묵을 깨뜨렸다. 내가 해야 할 일은 오로지 앞으로 나아가는 것, 똑바로 앞을 향해, 사라에게 이르기까지, 똑바로 나아가는 것이었다.

밤은 포근했다. 그날 밤은 그때까지 내가 살아오면서 겪은 모든 밤들 중 그 어떤 밤과도 달랐다. 세상의 모든 눈이 나에게 고정되어 있는 것 같았다. 조그맣고 가냘픈 내 그림자가 벽과 보도 위를 흐르고 있었다.

나는 사라의 집 앞에 도착했다. 나는 사라가 매일 밤 방 창문을 열어둔다는 것을 알고 있었다. 2층까지 벽을 기어오르는 것이 문제였다. 나는 사라 엄마의 검정 자동차를 눈으로 찾았다. 차는 없었다. 새벽 두시가 다 되고 있었다. 나는 사라 엄마가 동이 틀 때까지는 결코 돌아오지 않는다는 것을 알고 있었다. 그날 밤도 예외가 아니기를 기도했다. 심장이 너무도 격하게 뛰어서 가슴이 터질 것만 같았다. 나는 숨을 깊이 들이마셨다. 그리고 잠시 동안 눈을 감고 있었다. 그것은 말하자면 마지막 정신집중이었다. 나는 내 안에서 이야기하고 싶어 애태우는 작은 목소리를 들었다.

"자, 이제 거의 다 됐어. 더이상 뭘 기다려?"

나는 돌진했다. 내 계획을 그대로 밀고 나갔다. 우선 대문을 뛰어넘었다. 그리고 1층 테라스로 통하는 정원의 통로를 따라갔다. 2층으로 기어오르는 동안 개머루 덩굴로 뒤덮인 울타리가 내 몸에 달라붙는 바람에 중간에 몇 번씩 멈추어야 했다. 1층의 이웃들을 놀라게 했을지도 모르는 한두 번의 미끄러짐을 빼고는 거기까지 어떤 장애도 내 길을 가로막지 못했다. 나는 미끄러져 떨어지지 않기 위해 축축해진 양손을 마주 비볐다. 온몸이 굳어왔다. 불이 꺼졌다. 사라 방의 테라스까지 도달하기 위해 나는 한층 더 주의하며 다음 창살 두세 개를 기어올랐다.

창문은 열려 있었다. 나는 목표에 가까이 있었다. 나는 잠자는 사라를 향해 더 가까이 다가갔다. 나는 그애의 숨소리를 들었다. 거의 그애가 꿈꾸는 것까지 느낄 수 있을 정도였다. 침묵 속에서 나는 커튼을 열었다. 그리고 그 수많은 밤과 수많은 꿈들을 함께 나누었던 사라의 방 안으로 미끄러져 들어갔다. 천천히 앞으로 나아가자, 우리가 친구였을 때 나누었던 어린아이들의 속닥거리는 소리가 들리는 것만 같았다.

그애가 거기 있었다. 그애는 기다란 베개를 베고 바닥에 놓인 매트리스 위에 누워 있었다. 머리채가 시트를 덮고 있었고, 왼손은 얼굴 앞에 오그리고 있었으며, 오른손은 침대커버 위에 놓여 있었다. 사라는 움직이지 않았다. 나는 그애의 숨소리를 희미하게 느낄 수 있었다. 사라는 깨지 않았다. 나는 쉬고 있는 그애를 응시하기 위해 앞으로 나아가 그애 앞에 앉았다. 나는 혼자였다. 마주하고 있는 그애와 나 말고는 아무도 없었다. 나는 계속할 수 있었다.

나는 부드럽게, 천천히 옆에 있는 베개를 집어들었다. 그 무엇도 나의 행동을 방해할 수는 없었다. 나는 마지막으로 한 번 더 사라를 보았다. 나는 그 순간 눈을 감고 싶었으리라. 그러나 나는 눈을 그대로 뜨고 있으려고 노력했다. 상황을 의식하지 않는 다는 것이 내게는 불가능했다.

그리고 나는 모든 것을 멈추게 했다. 시간, 고요, 평화, 잠의 순수함, 밤의 안식을. 나는 베개를 높이 쳐들었다. 그리고 사라의 얼굴에 대고 눌렀다. 내 몸에 남아 있는 모든 힘을 다해. 갑자기 사라가 부르르 몸을 떨었다. 내 아래에서 그애의 몸이 발버둥 치는 것이 느껴졌다. 사라는 팔다리를 허우적거리며 억눌린 신음 소리를 냈다. 나는 계속했다. 끝을 향해. 사라의 손이 내 손목을 움켜잡았다. 하지만 내가 사라보다 훨씬 힘이 셌다. 나는 완력을 행사하여 사라가 저항하지 못하게 했다. 나는 포기하지 않았다. 더욱 힘을 주어 사라의 얼굴 위에 베개를 계속 눌렀다. 그렇게 몇 분이 지났다. 내 머릿속에는 나를 괴롭히는 영상들이 끊임없이 스쳐 지나갔다. 매순간 싸워서 이겨야 했다. 내 몸은 사라의 몸을 온전히 지배했다. 하지만 그렇게 행동하는 동안 내가 느낄 수 있었던 것들이 기억나지 않는다. 나는 그와 같은 순간, 이성이 몸을 완전히 지배할 수는 없다고 생각한다. 짤막한 한순간, 최후의 도취 상태, 짧은 무의식의 상태, 미망(迷妄)의 상태, 자아상실의 상태가 나를 침범했다. 베개를 잡고 있는 내 손과 사라의 얼굴 위에 놓인 베개 말고는 아무것도 중요하지 않았다. 더이상 아무것도 존재하지 않았다. 나는 막 공허함을 창조해냈던 것이다. 나는 이제 이겼다.

나는 충분히 시간이 흐른 뒤 반응했다. 정확히 얼마나 시간이 흐른 뒤 사라의 손이 나를 놓았는지는 모르겠다. 사라의 몸은 질식하고 지쳐서 마침내 굴복했다. 끝났다는 것을 내가 알아차렸을 때, 내 손 아래서는 더이상 그애의 숨소리가 느껴지지 않았다. 사라의 몸에는 생명이 없었다. 그래서 나는 내가 막 사라를 죽였다는 것을 자각했다.

나는 베개를 떼어냈다. 그리고 내게서 너무도 가까운 곳에 그애의 얼굴이, 창백하고 마비된 모습으로 있는 것을 발견하고는 소리 없이 울부짖었다. 그것은 아주 짧은 시간 동안 지속되었을 뿐이었다. 나는 내가 저지른 죽음 위에서 눈을 감았다. 움직임을 박탈당한 그 육체 옆 침대 다른쪽 끝에 잠들어 있는 어린 샤를렌의 육체를 본 것 같았다. 욕지기를 일으키는 현기증이 나를 덮쳐왔고, 나는 계속해서 잠자고 있는 것처럼 시트 위에 길게 누워 있는 사라를 그대로 내버려두었다. 그리고 불과 몇 분 전 그곳에 침입했던 것처럼 똑같이 사라의 방과 집을 빠져나왔다. 모든 것이 너무 빠르게 이루어졌다. 나는 뒤도 돌아보지 않고 온 길을 반대로 되짚어갔다. 나는 멈추지 않고, 나를 집어삼키는 밤의 그림자말고는 아무것도 보지 않고 내처 달렸다. 백 미터쯤 달린 후에, 나는 뱃속에 든 것을 쓰레기통 속에 게워내기 위해 길모퉁이에 멈춰 서야 했다.

나흘 후 오후 다섯시에 나는 그 주변에 다시 가보았다. 매일 저녁 하교 길에 맞이하고 싶을 만한, 낮이 끝나가는 아주 아름다운 시간이었다. 나는 경제학 수업에 제일 먼저 들어갔다. 나는 두 시간 동안 내 책상에 앉아 쉬지 않고 공부했다. 다 쓴 종이들이 무질서하게 겹겹이 쌓이고, 시시한 책들, 종잇장들이 펄럭이고, 복사물들과 그밖의 여러 가지 것들이 내 주변에 흩어져 있었다. 오른쪽에는 0% 무지방 요구르트가 있고, 왼쪽에서는 『스무 살』의 마지막 권이 눈에 띄었다. 나는 하늘을 향해 내 방 창을 열어놓았다. 어제 새로 단 커튼이 미풍을 받아 흔들리며 부풀어올랐다.

저녁 여덟시가 다 되어가고 있었다. 복도 쪽에서 초인종 소리가 울렸다. 그날 밤 우리 부모님은 집에 안 계셨다. 방해받는 것 같아 신경이 조금 거슬렸다. 나는 빠른 발걸음으로 거실로 달려나가 현관문을 열었다. 문 앞에 키가 아주 크고 아주 마른 사람의 윤곽이 보였다. 그는 양손을 주머니에 찔러넣고 눈은 허공을 향한 채 움직이지 않고 내 앞에 서 있었다.

"어머, 안녕, 막심."

막심은 나에게 다가왔다. 그애의 얼굴은 심각하고 무표정했다. 내가 그애를 마지막으로 본 뒤 두 달 이상이 지나 있었다. 그애는 여위었다. 즉시 그것을 알아볼 수 있었다. 막심은 우리가 헤어진 이후 무척 많이 변한 것 같았다. 그애는 자기에게 너무 큰 바지와 이상한 무늬가 있는 몸에 꼭 맞는 셔츠, 그리고 조끼를 입고 있어서 매우 특이해 보였다. 하지만 그런 옷은 그애에게 전혀 어울리지 않았다. 그런 옷과 막심 사이에는 비슷한 점이 전혀 없었다.

나는 막심의 양쪽 뺨에 재빠르게 입을 맞춘 뒤, 안으로 들어오라고 권했다.

"앉아."

"괜찮아. 서 있는 게 더 좋아."

"그럼 좋을 대로 해."

막심은 큰 눈을 내리깔고는 아무 말도 하지 않았다. 아마도 무슨 일로 이렇게 예고도 없이 방문했는지 내가 먼저 물어주기를 기다리는 것 같았다. 하지만 나는 다른 이야기를 하기 시작했다. 개학과 친구들, 그리고 카페에 대해 이야기했다. 나는 막심이 듣고 있지 않다는 것을 느낄 수 있었다. 그래서 화제를 돌려 막심의 생활에 대해 물었다.

"음, 넌 어떻게 지내니?"

"특별한 일은 없어. 실은 엉망진창이야. 동기부여가 잘 안 돼. 공부를 그만두고 싶어. 학교에 조금 진절머리가 나."

그리고 막심은 새 여자친구가 생겼다고 덧붙였다. 그애의 이름은 마리안이고, 막심과 같은 건물에 산다고 했다. 둘 사이가 지금까지는 잘 되어가는 듯하지만, 앞으로도 잘 될지는 모르겠다고 했다. 아무튼 좋았다.

막심이 말을 멈추고 내 쪽을 향해 눈을 들었다. 그리고 아주 작은 목소리로, 천천히, 담배 때문에 다소 쉰 목소리로 말을 하기 시작했다.

"어제 아침에 사라가 자기 방에서 발견됐어. 그애 엄마는 며칠 동안 집을 떠나 계셨는데, 돌아와서 사라를 발견했지. 사라는 질식해서 죽어 있었어."

나는 너무 놀라 가만히 있었다. 내 생명, 내 감각들, 내 이성의 작동이 느려지고, 주변의 모든 것이 요동치며 흐르기 시작했다. 나는 어찌할 바를 몰랐다. 나는 어디에도 없었다. 생각을 할 수가 없었다. 어떻게 반응해야 할지 알 수 없었다. 나는 그 소식에 얼이 빠진 것처럼 보이려고 했다. 사실, 나는 막심이 이런 식으로 나를 벌거벗겼기 때문에, 그리고 아무것도 예상하지 못하고 있었기 때문에 속으로는 고통에 차 울부짖고 있었다.

침묵을 깨뜨리기 위해 막심이 덧붙였다.

"살인이라는 가설을 부정할 수 없어. 경찰이 조사를 시작했으니 곧 밝혀질 거야."

"나는…… 정말, 무슨 말을 해야 할지 모르겠어. 나는……"

"나, 어제 저녁에 사라의 집 앞을 지나갔었어. 경찰이 도처에 깔려 있었어. 그애 집이 있는 건물 앞에는 사람들이 많이 몰려들어 있었고. 특별한 건 볼 수 없었어."

"누가 그런 짓을 했을까? 세상에, 나는…… 끔찍한 일이야, 정말."

"샤를렌, 그만 해. 나는 알고 있어."

막심은 더 말할 필요가 없었다. 나 역시 마찬가지였다. 우리 사이에는 모든 것이 투명했다. 어떤 증거도 드러나지 않았는데, 내가 고백하지도 않았는데, 어찌 된 일인지 막심은 다 알고 있었다.

눈을 감으니 조금 안심이 되었다. 다시 눈을 뜨면 모든 것이 사라져 있을 것만 같았다. 막심의 시선을 마주하는 것은 내게 견딜 수 없는 일이었다. 나를 마주하고 있는 그애의 시선에서 나는 알 수 있었다. 그애는 침착했지만 괴로워 보였다. 그 시선은 나를 비난하고 있었고, 동시에 나에게 용서를 구하고 있었다. 나는 막심이 떨고 있는 것을 느꼈다. 그애는 자신의 동요를 단 일 초라도 드러내 보이지 않으려고 자신의 모든 힘을 그러모으고 있었다. 나는 막심을 잘 알고 있었다. 우리 둘 중 더 괴로워하는 것은 오히려 그애라는 것을 알았다.

나는 숨쉬는 것을 잊어버렸다. 더이상 어떻게 행동해야 할지 알 수 없었다. 최초의 흐느낌이 터져나왔다. 그 흐느낌은 내 기관지를 틀어막고 목구멍과 가슴을 쥐어짜기 시작했다. 나는 내가 왜 우는지 알지 못했다. 내가 왜 죄를 지었는지, 왜 사라를 죽였는지 알지 못했다.

막심은 더는 아무 말도 하지 않고 내 곁으로 다가왔다. 그애는 나를 바라보았고, 나를 자기 품안에 힘주어 꼭 안아 나의 흐느낌을, 나의 두려움을, 나의 분노와 수치심을 가라앉혀주었다. 막심은 내가 진정될 때까지, 눈물에 뒤범벅되어 있는 내가 숨을 가다듬을 때까지 참을성 있게 기다렸다.

"이제 네가 하려고 했던 말을 해봐."

마침내 내가 말했다.

"나는 할 수 있는 모든 노력을 다했어, 샤를렌. 모든 것을. 하지만 아무것도 할 수가 없었어. 내가 아무 힘이 없고, 너무 비겁하고, 너무 약하다고 느껴져. 네 생각이 나를 떠나지 않아. 내가 너를 사랑하지 않으려고 얼마나 노력했는지, 무력한 나 자신을 얼마나 증오했는지 너는 모를 거야. 나는 너를 이해할 수 있어. 하지만 너를 도울 수가 없어. 나는 아무것도 하지 않을 거야. 더이상 아무것도 할 수가 없어. 나는 네가 삶을 사랑하도록 도와주려고 뭐든 다했어. 하지만 너는 나보다 강했어. 아니, 나보다 강했던 것은 사라였는지도 모르지. 나도 더는 모르겠어. 하지만 나는 그 누구보다도 너를 잘 알아, 샤를렌. 너는 이상한 아이야. 너는 도망가고, 너 자신을 숨기려고 해. 나는 너와 함께 이 세상을 나눌 수 있기를 바랐어. 하지만 그럴 수 없었어. 너는 네 삶에 주어진 어느 한 순간에 나를 필요로 했지. 하지만 지금 너는 내 도움을 거부해. 지금 내가 해야 할 일은 너를 잊고, 너를 내 삶으로부터 몰아내고, 너의 선택 앞에 나를 내맡기는 거야. 나는 그걸 받아들일 거야. 이제 내가 어떻게 했으면 좋겠니? 결정해야 할 사람은 바로 너야. 내가 너에게 말할 수 있는 건 절대로 너를 배신하지 않겠다는 거야, 샤를렌. 절대로. 나는 아무것도 모르는 것처럼 행동할 거야. 나는 입을 다물 거야. 나는 무슨 일이 일어난 건지 즉시 알았어. 네가 설명하지 않아도 벌써 이해했어. 나는 일이 나쁘게 끝나리라는 것을 알고 있었어. 네가 자유롭다고 느끼기 위해 그애를 죽일 수밖에 없었다는 걸 믿어. 하지만 나는 입을 다물 거야. 나는 네 삶 속으로 들어갈 때 그랬던 것처럼 네 삶으로부터 부드럽게 나를 지울 거야. 이게 전부야."

나는 막심을 바라볼 수가 없었다. 제어할 수 없는 경련에 사로잡힌 나는 꽉 막힌 내 목구멍으로부터 뭔가 말이 빠져나오기를 기다렸다.

마침내 내가 내뱉었다.

"이제 내가 해야 할 일이 뭔지 말해줘."

막심은 내 손목을 잡고 오랫동안 나를 응시했다. 나의 증오를 누그러뜨리려는 듯, 내게서 진실을 끌어내리려는 듯.

"샤를렌, 내 눈을 봐. 그리고 네가 한 일을 후회하고 있다고 말해봐."

갑자기 나의 흐느낌이 잦아들었다. 나는 고개를 숙였다. 나는 막심이 내 얼굴을 보는 것을 원치 않았다. 막심에게 무슨 말을 해야 할지 알 수 없었다. 내가 그 어떤 양심의 가책도 느끼지 않는다는 것을, 그리고 고통과 혐오와 수치심을 느끼기는 하지만 내가 그 증오스러웠던 삶으로부터 영원한 승리자가 되어 빠져나온 것이라는 사실을 어떻게 막심에게 설명할 수 있을까.

친구, 그 유독한 환상에 대하여

성인이 된 사람들은 삶이 고달프고 힘들 때, 현실이 발목을 붙잡는다고 느낄 때 눈을 가늘게 뜨고 청소년 시절을 회고한다. '그땐 아무 걱정도 없었지. 그때가 좋았는데 말이야……' 더 나아가서는 청소년들을 향해 "좋을 때다! 너희 때가 바로 인생의 황금기야" 하고 말하기도 한다. 그런데 청소년기가 정말 아무런 걱정 없는, 파스텔빛으로 가득한 시절일까? 삶의 비정함은 어리다고 해서 면제되는 것은 아닌 듯하다. 인생의 고비에 존재하는 투쟁의 장(場)은 누구 앞에나 펼쳐져 있는 것이다. 그것이 타인과의 투쟁이든 자기 자신과의 투쟁이든.

한 여자아이가 있다. 아무런 부족함 없는 중산층 가정에서 태어나 부모님, 남동생과 함께 남부러울 것 없는 일상을 영위하고 있다. 여름방학이 되면 경치 좋고 시원한 곳으로 휴가도 떠난다. 겉으로 보기에는 아무 문제도 없는 아이이다. 선천적으로 천식을 앓고 있다는 것만 빼면. 그러나 아이는 실은 늘 자기 자신과 투쟁하고 있다. 아니, 아이는 자신을 모른다. 자신이 누구인지, 어디서 왔는지, 무엇을 원하는지, 앞으로 무엇이 되고 싶은지. 자신에 대한 무지와 정체성의 결핍이 아이로 하여금 세상을 향해 힘차게 발을 디딜 수 없게 한다. 자신에 대한 무지는, 정체성의 결핍은 아이를 어둠 속에 가둔다. 아이는 그림자 속에 웅크리고 있다. 다른 아이들이 찬란한 빛 속에서 생을 만끽할 때, 아이는 홀로 죽음을 갈망한다.

그런 아이 앞에 눈부신 한 존재가 나타난다. 그 존재의 주변 모든 것은 광채를 발한다. 대담하고 별나고 천진난만한, 말로 설명할 수 없을 만큼 강력한 매력을 발산하는 존재. 아이는 그 존재를 동경하게 된다. 그러나 감히 그 존재에게 다가가지 못한다. 말을 걸지도 손을 내밀지도 못한다. 아이가 생의 어둠을 견디지 못해 자살을 기도하고, 그것이 실패로 돌아갔을 때, 그 찬란한 존재가 비로소 아이를 향해 손을 내민다. '친구'라는 이름으로. 아이는 '친구'의 기대에 부응하려고 노력한다. 그 '친구' 곁에 있으면 사람들의 시선을 받고, 사랑도 받는 것 같다. 그것은 새롭고, 흥분되고, 현기증 나는 감정이다. '친구'는 아이의 인생을 변화시킨다. 그늘졌던 응달에 햇살이 비쳐들고, 건강한 생의 활력도 찾아든다. 그러나 행복은 얼마 가지 못한다. 아이가 얻은 행복은 '친구'의 존재가 없으면 금세 사그라들고 마는 불완전한 것이었기 때문이다. 결국 아이는 '친구'의 노예가 된다. '친구'의 명령이라면 무엇이든 따른다. '친구'가 없으면 혼자서는 아무것도 하지 못한다. 그러나 '친구'는 그런 아이를 귀찮아한다. 아이에게 '친구'는 인생의 전부이지만, '친구'에게 아이는 전부가 아니었던 것이다.

절망한 아이는 물밑에서 숨을 참듯 고통을 견뎌낸다. 그러던 어느 날, 아이는 귓가에 속삭이는 목소리를 듣는다. 그 목소리는 폭로한다. '친구'가 교묘하게 아이를 이용하고 있음을, '친구'가 아이를 무시하고 있음을, '친구'의 행동들은 모두 미리 예견되고 계획된 것임을, '친구'는 결국 아이가 홀로 서지 못하게 하고 아이의 존재를 부서뜨릴 것임을. 그리고 어느 날 밤, 마침내 아이는 중대한 결심을 내린다. 부서지지 않기 위해, 숨을 쉬며 살기 위해.

'정체성'은 청소년기에 발견하고 만들어가야 할 하나의 과업이다. 그것을 제대로 이루어낸 사람은 원만한 성인기로 진입하지만, 찾지 못한 사람은 긴 방황을 하게 된다. 방황을 거쳐서라도 정체성을 발견하면 다행이지만, 결국 발견하지 못하고 나락

으로 떨어질 수도 있다. 그렇기에 청소년기는 그 어느 시기보다
도 힘든 시간이다. 친구라는 존재는 그 어려운 과업을 함께 수행
해나가는 소중한 파트너이다. 어른들이 아이들에게 친구의 중요
성을 강조하는 이유도 바로 이 때문일 것이다. 이 소설은 성장하
는 아픔의 시간을 제대로 거치지 못한 한 불행한 소녀의 자기 고
백이다. 소녀는 한 개인이 인간으로 성장하는 중요한 시기에 다
른 존재에 의해 파괴되어 돌이킬 수 없는 지경에 이르게 되는 섬
뜩한 과정을 폭로하고 있다. 그리고 청소년기가 결코 아름답고
꿈같은 시기만은 아니라고, 다시 돌아가고 싶은 그리운 시절만
은 아니라고 일침을 놓는다.

　　저자 안 소피 브라슴은 열일곱의 나이에 또래들의 어두운 일
면을 놀라울 만큼 날카로운 통찰력으로 묘사해내어 〈르몽드〉로
부터 "이미 거장의 면모를 갖추고 있다"는 최고의 찬사를 받았
다. 여섯 살 때 처음 글을 배우면서부터 남들에게 이야기 들려주
기를 꿈꾸었다는, 톨스토이, 보들레르, 알베르 카뮈, 보리스 비
앙을 좋아하는 이 젊은 작가의 다음 행보를 전 세계가 주목하고
있다.

2004년 겨울
최정수

지은이 **안 소피 브라슴**

1984년 프랑스 메츠에서 태어났다. 열일곱 살에 발표한 첫 소설 『숨쉬어』가 출간 사흘 만에 5천 부가 넘게 팔리면서 프랑스 문단에 혜성같이 등장했다. 당시 브라슴은 프랑스 문단에 데뷔한 최연소 작가라는 타이틀과 함께 그해 프랑스 독서계의 가장 뜨거운 이슈로 떠올랐다. 프랑스에서의 성공에 힘입어 『숨쉬어』는 세계 17개 언어로 번역되었다. 그후 파리 소르본 대학교에 진학하여 문학을 공부하며 두번째 소설 『몬스터 카니발』을 발표했다.

옮긴이 **최정수**

연세대학교 불어불문학과와 동대학원을 졸업하고 전문번역가로 활동하고 있다. 『연금술사』 『오 자히르』 『단순한 열정』 『빈센트와 반 고흐』 『밤의 클라라』 등을 우리말로 옮겼다.

문학동네 세계문학
숨쉬어

1판 1쇄 2004년 1월 30일
1판 4쇄 2005년 7월 20일
2판 1쇄 2007년 7월 20일
2판 2쇄 2012년 6월 4일

지은이 안 소피 브라슴
옮긴이 최정수
펴낸이 강병선

펴낸곳 (주)문학동네
출판등록 1993년 10월 22일 제406-2003-000045호
주소 413-756 경기도 파주시 문발동 파주출판도시 513-8
전자우편 editor@munhak.com | 대표전화 031) 955-8888 | 팩스 031) 955-8855
문의전화 031) 955-3576(마케팅) 031) 955-8860(편집)
문학동네카페 http://cafe.naver.com/mhdn

ISBN 978-89-546-0346-1 03860

www.munhak.com